安潔拉・卡特

染血之室及其他故事

嚴韻 譯

Angela Carter

The Bloody Chamber and Other Stories

〈染血之室〉、〈老虎新娘〉首度出版於《染血之室與其他故事》（*The Bloody Chamber and Other Stories*, London: Victor Gollancz, 1979.）；〈師先生的戀曲〉原刊登於英國《時尚》（*Vogue*）；〈穿靴貓〉原收錄於《稻草與黃金》（*The Straw and the Gold*, Pierrot Books, 1979.）；〈精靈王〉出版於一九七七年十月的《香蕉》（*Bananas*）雜誌；〈雪孩〉原於英國國家廣播公司電台節目《現在不行，我正在聽》（*Not Now, I'm Listening*）播出；〈愛之宅的女主人〉原出版於一九七五年夏秋號的《愛荷華評論》（*Iowa Review*）；〈狼人〉於一九七七年十月第二期的《西南藝術評論》（*South-West Arts Review*）；〈與狼為伴〉於一九七七年三月號的《香蕉》雜誌；〈狼女愛麗絲〉於一九七八年二卷二期《站立》（*Stand*）雜誌。一九九五年重新收錄於《焚舟紀》（*Burning Your Boats*, New York: Penguin Books.）。

目錄

染血之室

我記得，那一夜我躺在臥鋪無法成眠，充滿溫柔甘美的極度興奮，熱烘烘的臉頰緊貼一塵不染的亞麻枕套，狂跳的心像在模仿引擎的那些巨大活塞，不停推動這列火車穿過夜色，離開巴黎，離開少女時代，離開我母親那封閉又安靜的白色公寓，前往無從猜測的婚姻國度。

我也記得，當時我溫柔想像著，此時此刻母親一定在那間我永遠離開的窄小臥房裡緩緩走動，折疊收起所有我留下的小東西，那些我隨手亂扔再也不需要的衣衫，那些我行李箱容不下的樂譜，那些被我丟棄的演奏會節目單。她會依戀地看看這條斷了的緞帶、看看那張褪色的照片，懷著女人在自己女兒出嫁當天那種半喜半憂的心情。在新嫁娘的高昂情緒中，我也感到一種失落的疼痛，彷彿當他將金戒指套在我手上、我變成他妻子的同時，某種意義上我也不再是母親的女兒了。

妳確定嗎，店裡送來那巨大紙盒時她問我；盒裡裝的是他買給我的新娘禮服，用縐紋紙包好打著紅緞帶，像聖誕節收到的蜜漬水果禮物。妳確定妳愛他嗎？他也買了件新禮服給她，黑絲料，暗暗泛著一層水上浮油般的七彩光澤；從她身為富有茶園主的女兒、在中南半島度過多采多姿的少女時代之後，就不曾再穿過如此精緻的衣裳。我那輪廓如鷹、桀驁不馴的母親：除了我以外，音樂學院還有哪個學生有這麼不得了的母親，曾面不改色斥退一船中國海盜、在瘟疫期間照顧一整村人、親手射殺一頭吃人老虎，而且經歷這一切冒險的時候比我現在還年輕？

「妳確定妳愛他嗎？」

「我確定我想嫁給他。」我說。

然後就不再說別的了。她嘆氣，彷彿不太情願驅走長久盤據我們寒酸餐桌的貧窮鬼魂。因為我母親當年是心甘情願、驚世駭俗、叛逆不羈地為愛變成乞丐，然後有那麼一天，她那英勇的軍人再也沒從戰場歸來，只留給妻女永遠流不乾的眼淚，一只裝滿勳章的雪茄盒，還有那把古董佩槍。在艱苦生活中，我母親的行事變得更堂而皇之地不同常人，手提網袋總裝著那把左輪，以防——我老是笑她——從雜貨店回家途中碰上攔路賊。

拉下的百葉窗外不時一陣光芒四射的驟亮，彷彿鐵路公司為了歡迎新娘，將我們一路經過的每個車站點得燈火通明。我的絲綢連身睡衣剛從包裝紙裡取出，滑過套上我青春少女的尖翹乳房和肩膀，柔順得像一襲重水，在我不安翻轉於狹窄臥榻上的此刻挑逗撫摸著我，大膽逾矩、意有所指地在我雙腿間挪蹭。他的吻，他的吻裡有舌頭、有牙齒、還有微刺的鬍鬚，暗示過我——細膩委婉一如這件他送我的睡衣——我們淫逸的新婚之夜將會延後至我們回到他那張祖傳的大床，回到那座此刻仍位於我想像範圍之外、受大海侵蝕的高塔……那魔幻之地，泡沫城牆的童話城堡，他出生的傳說之家。有一天，我或許會為那個家生下一個繼承人。我們的目的地，我的命運。

在火車咆哮的切分音中，我可以聽見他平穩的呼吸。我和丈夫之間只隔著一道門，現在那門也開著，我只要支起上身，就能看見他深色獅鬃般的髮。我聞到淡淡一抹皮革與香料的豐厚雄性氣味，他身上總有這味道，在他追求我的期間，也只有這味道能透露線索，告訴我他走進了我母親的起居室，因為儘管他身材魁梧，步履卻輕悄得彷彿鞋底是天鵝絨，彷彿他踩踏之處地毯全變成雪。

他總喜歡趁我在鋼琴旁獨處出神的時候給我意外驚喜。他會要人別通報他來了，自己無聲無息打開門，輕悄悄走近我身邊，帶著一束溫室鮮花或一盒栗子糖，把禮物放在琴鍵上，雙手掩住正沈迷於德布西前奏曲的我的眼睛。但那香料皮革的香味總是洩漏他的蹤跡，我只有第一次被他嚇一跳，之後就總得假裝驚訝，以免他失望。

他年紀比我大，大很多，那頭深色獅鬃摻雜幾綹銀白。但人生經歷卻沒有在他奇特、沈重、幾乎如同蠟像的臉上留下皺紋，反而像將那張臉洗刷得平坦光滑，猶如海灘的石頭被一波接一波浪潮沖去稜角。有時候，當他聽我彈琴，厚重眼皮低垂遮住那雙毫無光亮得總令我不安的眼睛，那張靜止的臉看來就像面具，彷彿他真正的臉——真正反映他在這世界上、在認識我之前、甚至在我出生之前度過的生活——藏在這副面具下。或者藏在另一個地方。彷彿他用以生活許久的那張臉被放在一旁，換上一張沒有歲月痕跡的臉來匹配我的青春。

到了另一個地方，也許我會看見素面的他。另一個地方。但是，哪裡呢？

也許是，這列火車如今帶我們前往的那座城堡，他出生的那座宏偉城堡。

就連他向我求婚，我說「好」的時候，他臉上那厚重肉感的沈著也不曾變化。我知道拿花比喻男人很怪，但有時我覺得他像百合。是的，百合。那種有知覺的植物，那種奇異不祥的平靜，眼鏡蛇探頭般的葬禮百合，捲成白色花蕾的肉質厚實，觸感有如上等羊皮紙。我答應嫁給他時，他臉上肌肉毫無動彈，只是發出一聲抑啞的長嘆。我心想：噢！他一定好想要我！彷彿他沈重得無法想像的欲望是一種我承受不起的力量，不是因為那欲望暴力，而是因為它本身充滿重力。

求婚時他已準備好戒指，裝在內襯猩紅天鵝絨的皮盒，是一顆大如鴿蛋的火蛋白石，鑲於一圈花紋繁複的暗金古董戒。我往日的保母仍與我和母親同住，她斜眼看這只戒指，說：蛋白石會招惡運。但這枚蛋白石是他母親戴過的戒指，之前是他祖母，再之前是祖母的母親，最早由凱瑟琳·梅第齊[1]送給某位祖先……不知從多久前開始，每個嫁進他家城堡的新娘就都戴過這戒指。那他是不是也曾把這戒指送給其他太太，然後又要回來？老保母無禮地問；但她其實很勢利，只是想雞蛋裡挑骨頭，掩飾她對我飛上枝頭做鳳凰——她的小侯爵夫人——不敢置信的欣喜心情。但她這問題碰到了我的痛處，我聳聳肩，小家子氣地轉身背對她。我不想被人提醒他在我之前愛過其他女人，但夜深人靜、自信心薄弱不堪的時刻，這件事常在我腦海纏擾不去。

我才十七歲，對世事一無所知；我的侯爵已經結過婚，而且不止一次。我一直有點想不通，經過那些妻子之後他怎會選上我。可不是，他不是應該還在為前一任妻子服喪嗎？嘖，嘖，我的老保母說。連我母親都有點猶豫，不太想讓一個新近喪妻沒多久的男人把她女兒匆匆帶走。我認識他時，前任夫人才剛死三個月，是位羅馬尼亞女伯爵，引領時尚的仕女，在他不列塔尼的自宅翻船發生意外，屍體始終沒找到。我在老保母收在床下一口箱子裡的過期社交名流雜誌找到她的照片，鼻嘴尖尖像隻漂亮、伶俐、淘氣的猴子，充滿強烈詭異的魅力，是一種深沈、明亮、野性卻又世故的動物，原生棲息在某處陳設豪華、精心布置的室內叢林，充滿盆栽棕櫚樹和呱呱叫的溫馴鸚哥。

在她之前呢？那張臉就是大家都看得到的了，每個人都畫過她，但我最喜歡的是魯東[2]那幅版畫，〈走在夜色邊緣的晚星〉。看著她謎樣優雅的瘦削體態，你絕對想不到她原先只是蒙馬特一間咖啡館的女侍，直到普維・夏凡諾看到她，要她寬衣解帶，讓他的畫筆描繪她的平坦乳房和纖長大腿。然而苦艾酒毀了她，至少人家是這麼說的。

他的第一任夫人呢？那位風華絕代的歌劇女伶，我聽過她唱。我是個音樂天分早熟的小孩，父母曾帶我去聽歌劇做為生日禮物，那是我的第一場歌劇，便是她唱的伊索德。舞台上的她燃燒著多麼白熾的激情！讓人感覺得出她會盛年早

1.〔Catherine de Medici（1519-89），法王亨利二世之妻，法蘭西二世、查理九世、亨利三世之母，一五六〇至七〇年代初掌控法國政權。〕

2.〔Odilon Redon（1840-1916），法國象徵主義畫家。〕

逝。我們的座位很高，高得快與天際眾神同坐，但她的光芒仍讓我為之目眩。當時父親仍在世(哦，好久好久以前了)，最後一幕他握住我黏黏的小手安慰我，但我耳中只聽到她輝煌燦爛的歌聲。

僅在我出生到現在的短短時間之內，他便結過三次婚，娶過三美神[3]，而現在，彷彿為了顯示他的品味很富彈性，他邀我加入那群美女行列，我這個窮寡婦的女兒，不久前才開始自由披散的鼠棕色頭髮還留著紮麻花辮的彎彎痕跡，腰臀瘦削，彈鋼琴的緊張手指。

他富可敵國。我們婚禮——在市政廳簡單公證，因為他那位女伯爵才去世不久——前一夜，出於某種奇妙的巧合，他帶我和母親去看《崔斯坦》。你知道嗎，聽到〈愛之死〉那段時我的心澎湃疼痛不已，我想我一定是真的愛他。是的，我愛他。在他懷裡，我是眾人注目的焦點。在劇院門廳，竊竊私語的眾人如紅海分開讓我們走過。他的碰觸使我肌膚酥麻。

從我第一次聽到那充滿死亡激情的旋律到現在，前後境遇真是天壤之別！這回我們坐在包廂的紅天鵝絨扶手椅，中場休息時一名戴著編辮假髮的下人送上銀冰桶裡的香檳。泡沫湧出玻璃杯弄濕了我的手，我心想：我的福杯滿溢[4]。而且我身上穿的是一襲波瓦雷[5]洋裝。他說服我那不情願的母親讓他為我置辦嫁妝——否則我能穿什麼嫁給他呢？補了又補的內衣，褪色的條紋布，嗶嘰布裙，別人淘汰的二手衣。因此，歌劇那晚，我穿的是一身輕飄飄白色細薄平紋棉胚布，胸線下橫繫一條銀帶。每個人都盯著我看。也盯著他的結婚禮物看。

他的結婚禮物緊扣在我頸間，一條兩吋寬的紅寶石項鍊，像一道價值連城的割喉傷口。

法國大革命恐怖時期過後，督政府早期，逃過斷頭臺的貴族階級流行一種反諷的裝飾品，在脖子上原可能遭刀鋒砍斷的位置繫著紅緞帶，像傷口的記

3.〔三美神（the three Graces）是希臘神話中象徵光輝、喜悅、開花的三姊妹女神。〕

4.〔典出聖經，詩篇第二十三篇第五章：「你用油膏了我的頭，使我的福杯滿溢。」〕

5.〔Paul Poiret（1879-1944），二十世紀初活躍於巴黎時裝界的著名設計師，裝飾藝術（Art Deco）早期代表人物之一，服裝線條細緻流暢。〕

憶。他祖母很喜歡這個主意，便命人以紅寶石串成她的緞帶，多麼奢華的叛逆！即使現在，歌劇院那一夜仍歷歷在目……白洋裝，穿白洋裝的纖弱少女，以及環繞少女喉頭的猩紅閃亮寶石，色彩奪目猶如鮮血。

我看見他在鍍金鏡中注視我，評估的眼神像行家檢視馬匹，甚至像家庭主婦檢視市場肉攤的貨色。先前我從不曾見過——或者說從不曾承認——他那種眼神，那種純粹肉慾的貪婪，透過架在左眼的單片眼鏡顯得更加放大奇異。看見他以慾望的眼神看我，我低頭轉眼瞥向別處，但同時也瞥見鏡中的自己；突然間，我看見了他眼中的我的模樣，蒼白的臉，細鋼弦般緊繃的頸部肌肉。從小至今這段天真而封閉的生活中，這是我第一次感覺自己內在有種墮落的潛能，令我為之屏息。

翌日我們便成婚了。

火車減速，一陣抖動後停住。燈光；金屬匡噹聲；一個聲音喊出某個再也不會經過的未知車站的名字；沈寂夜色；他呼吸的節奏，如今我將一輩子與之共枕而眠的節奏。但我睡不著。我悄悄坐起，稍稍掀起百葉窗，縮身湊在被我的呼吸染上一層霧的冰冷窗邊，凝視窗外的黑暗月台，望向一方方家居燈光，燈光裡有溫暖，有陪伴，有臘腸在爐上的平底鍋裡滋滋作響準備當站長的晚餐，他的孩子都上床睡著了，在裝有油漆窗扇的磚屋裡……日常生活的所有一切。而我，結下這樁驚人婚姻之際，便已將自己放逐遠離那一切。

進入婚姻，進入放逐；我感覺得出來，我知道——從今以後，我將永遠寂寞。但這都包含在那枚已變得熟悉的火蛋白石的重量裡，它閃閃發亮有如吉普賽人的水晶球，我彈琴時總不由自主直盯著它看。這只戒指，那條紅寶石的染血綳帶，滿櫃波瓦雷和渥斯[6]的衣裳，他身上俄羅斯皮革的味道——這一切全將我誘惑得如此徹底，使我對離開原先那切片麵包和媽媽的世界毫無一絲悔憾。此刻那世界彷彿由線拉著朝後退去，就像小孩的玩具，同時火車又開始轟然加速，彷彿滿

6.〔Charles Frederick Worth（1826-95），英裔設計師，將設計師主動為客戶量身設計的觀念帶進業界，被譽為高級訂製時裝（haute couture）之父。〕

心愉悅期待要把我帶向遠方。

拂曉的最早幾道灰白此刻出現在天空，半晦半明的奇詭光線透進車廂。他的呼吸聲聽來沒有改變，但我因興奮而特別敏銳的感官告訴我他已經醒了，正在看我。他是個高大的男人，龐然的男人，暗黑雙眼毫無動靜，一如繪在古埃及石棺上的人像眼睛，牢牢盯著我。在如此沈默中被如此觀看，我感覺胃一陣緊縮。一根火柴亮起，他正點燃一支粗如嬰兒手臂的「羅密歐與茱麗葉」雪茄。

「快到了。」他說，聲音如敲鐘宏亮迴盪，在火柴亮光的短短幾秒間我感到一股尖銳懼怕的不祥預感，看見他又白又寬的臉彷彿脫離身體飄浮在床單之上，被火光由下映照，像個醜怪的嘉年華會人頭。然後火柴熄了，雪茄菸頭亮起，車廂充滿熟悉的香氣，讓我想起父親，想起小時候他常用哈瓦那[7]的溫暖濁悶空氣擁抱我，後來他親親我離家遠去，死在異地。

丈夫扶我走下火車的高高階梯，我一下車便聞到海洋那胞衣般的鹹味。時值十一月，飽受大西洋狂風侵襲的樹木一片光禿，火車停靠的此地偏僻無人，只有一身皮衣的司機乖乖等在一輛晶亮黑色汽車旁。天氣很冷，我將身上的毛皮大衣拉得更緊，這黑白寬條相間的大衣是白鼬加黑貂，我的頭在衣領襯托下彷彿野花的花萼。（我發誓，認識他之前我從不虛榮。）鐘聲噹噹響起，蓄勢待發的火車奔馳而去，留下我們在這偏僻無人、只有我和他下車的臨時停靠處。噢，多令人驚異啊：那強而有力的蒸汽鋼鐵竟只為了他的方便而暫停。全法國最富有的人。

「夫人。」

司機瞄向我。他是否正令人不快地在拿我跟女伯爵、藝術家模特兒、歌劇明星比較？我躲在那身毛皮裡，彷彿它是一組柔軟的護盾。丈夫喜歡我把蛋白石戒指戴在小羊皮手套外，這是種戲劇化的招搖做法——但那態度諷刺的司機一瞥見閃閃發亮的它便露出微笑，彷彿這確切證明了我是他主人的妻子。我們朝逐漸開展的黎明駛去，晨光將一半天空染上一道道冬季花束色彩，玫瑰的粉紅與虎斑百合的橘，彷彿丈夫為我向花店訂了這片天空。白晝在我四周逐漸亮起，像個清涼的夢。

7.〔古巴首都。古巴是世界知名的重要雪茄產地，前文的「羅密歐與茱麗葉」便是該國廠牌。〕

大海，沙灘，融入大海的天空——一幅朦朧粉彩風景，看似總在融化邊緣。這幅風景充滿德布西式的諧解和諧，那些我為他彈過的練習曲，初識他那天下午我在公主的沙龍裡彈奏的幻想曲，那時我是茶杯和小蛋糕之間的孤女，上流人士出於慈善之心雇我去提供幫助消化的音樂。

然後，啊！他的城堡。童話故事般的孤寂場景，霧藍色的塔樓，庭園，尖柵大門，那城堡兀立在大海懷抱中，哀啼的海鳥繞著閣樓飛，窗戶開向逐漸退去的紫綠海洋，通往陸地的路徑一天中有半天被潮水淹沒阻絕……那座城堡不屬於陸地也不屬於海水，是兩棲的神秘之地，違反了土地與浪潮的物質性，像憂愁的人魚停棲在岩石上等待，無盡等待，多年前溺斃於遠方的情人。那地方真美，像個憂傷的海上女妖！

一大早的此時是退潮，堤道立在海面之上。車子轉上潮濕的卵石堤道，兩旁是海水緩流，他握住我戴著那枚淫慾妖魅戒指的手，輕輕壓按我的手指，以無比溫柔親吻我的掌心。他的臉仍如我向來看到那樣，靜止如凍結厚冰的池水，但在黑色鬍鬚之間看來總赤裸得奇怪的紅唇此時則微微彎揚。他微笑了，他在歡迎新娘回家。

房間、走廊無一不迴響著窸窣潮聲，所有天花板以及排滿穿戴階級分明華服的黑眼白臉祖先畫像的牆壁，都映著流動不歇的條紋波光。而我就是這座曖曖含光、喃喃細語的城堡的女主人，就是我，就是那個靠母親變賣所有首飾，包括婚戒，才付得起音樂學院學費的小女學生。

首先是一場難熬的小小考驗，我要首度跟管家見面，是她掌管這架精密機器、這艘下了錨的城堡大船，使之運作暢通無礙，不管站在船橋上的人是誰。我忖道，我在這裡不會有多少權威可言！她有張平淡、蒼白、無動於衷的不討喜臉孔，頭戴這地區常見的白色亞麻巾，漿洗得一塵不染無懈可擊。她對我打招呼的態度有禮但無心，令我心頭一涼；原先我做著白日夢，斗膽把自己的地位想得太有權力……一度還曾考慮，要如何以我那儘管不能幹、但家常使人安心的親愛老保母取代她。想得太美了！他告訴我，這管家等於是他的養母，對他的家族絕對效忠、盡心盡力，「跟我一樣都是這個家的一份子，親愛的」。此時她的薄唇對我露出淡淡的驕傲微笑。只要她是他的盟友，就也是我的盟友。我必須滿足於這種安排。

但在這裡，要滿足其實很容易。他撥出塔樓一整間房讓我獨自擁有，在那裡我可以凝望窗外大西洋的翻騰浪濤，想像自己是大海女王。音樂室裡有一架貝赫斯坦鋼琴供我彈奏，牆上掛著另一份新婚禮物——早期法蘭德斯原始畫風，畫的是聖西西里亞彈奏天堂之琴。這位聖女雙頰豐潤氣色不佳，一頭棕色鬈髮，有種端莊魅力，正是我可能也會希望自己變成的樣子。我心頭一暖，感受到先前不曾發現的他的體貼愛意。然後他帶我走上一道精緻的螺旋台階，來到臥房；管家悄悄退下之前用她的不列塔尼母語對他講了句什麼，引得他輕聲竊笑，我敢說一定是對新婚夫婦的淫穢祝福。我聽不懂，而面帶微笑的他不肯翻譯。

房中就是那張祖傳的氣派婚床，僅床本身就幾乎跟我的娘家臥房一樣大。床架表層是烏木、朱漆和金葉，雕有滴水嘴怪獸，白紗帳在微微海風中飄動。我們的床。四周有好多鏡子！牆上都是鏡子，鑲著飾有糾纏花紋的華貴金框，映照出我有生以來所見最多的白百合。他讓人在房裡擺滿百合迎接新娘，年輕的新娘。年輕的新娘變成我在鏡中看見的無數個女孩，全都一模一樣，一身入時的海軍藍訂做服飾，專供出門或散步時穿著，夫人。毛皮大衣已被女僕接了過去。從今以後，什麼事情都有女僕接手。

「妳看，」他說著朝那些打扮高雅的女孩一比。「我娶了一整個後宮的妻妾！」

我發現自己在發抖，呼吸急促，無法迎視他的眼神，只能轉開頭，因為驕傲也因為害羞。我看見十二個丈夫在十二面鏡子裡向我靠近，慢慢地、有條不紊地、逗人遐思地解開我外套的鈕釦，將它脫下。夠了！不，還要！裙子也脫掉了，接著是杏色亞麻襯衫，這襯衫比我第一次行聖餐禮穿的禮服還貴。屋外冷冷太陽下的波光在他的單片眼鏡上閃爍，他的動作在我感覺起來似乎刻意粗鄙不文。熱血又湧上我的臉，始終沒退去。

然而，你知道，我也猜到情況會是這樣——一番正式的新娘脫衣典禮，來自妓院的儀式。儘管我的生活向來備受呵護，但就算在那個端莊的波西米亞世界，怎麼可能不曾聽說過他那個世界的若干暗示？

他剝去我的衣服，身為美食家的他彷佛正在剝去朝鮮薊的葉子——但別想像什麼精緻佳餚，這朝鮮薊對這食客來說並沒有什麼希罕，他也還沒急著想吃，只是以百無聊賴的胃口對尋常菜色下手。最後只剩下我鮮紅搏動的核心，我看見鏡中活脫是一幅羅普斯[8]的蝕刻畫，我們訂婚後得以獨處時他給我看的藏畫之一……小女孩伸著骨瘦如柴的四肢，除了手套和扣釦子的靴子外一絲不掛，一手遮住臉彷彿那是她矜持的最後容身之處；旁邊是個戴單片眼鏡的老色鬼，仔細檢視她每一部分肢體。他穿著倫敦裁縫的手工西裝，她則赤裸如一塊小羊排。再也沒有比這更色情的遭逢了。我的買主便是這樣拆開他購得的划算貨色。就如聽歌劇那天，我第一次以他的眼神看自己的肉體，此時我也再度大驚失色地發現自己情慾撩動。

他隨即闔起我的腿像闔上一本書，我再度看見他嘴唇那表示微笑的罕見動作。

還不是時候。等晚些。期待是樂趣最主要的部分，我的小心肝。

我開始陣陣顫抖，像出賽在即的賽馬，但同時帶有某種畏懼，因為我對做愛這念頭既感到一股非關私人的奇特興奮，卻又無法壓抑嫌惡反感的情緒，因為他沈重的白色肉體跟我房裡這些大把大把插在大玻璃瓶的百合實在太相似，那些葬禮百合有濃厚花粉會染上你的手指，彷彿你手指沾到了鬱金[9]。百合總是讓我聯想到他，白色的，而且會弄髒你。

這一幕淫逸景象被突兀打斷，原來他有公事要辦，有那些產業和公司要顧——連蜜月也不例外嗎？是的，紅色嘴唇回答，吻吻我，然後他便離開，留下我充滿紊亂的感官情緒——他鬍鬚潮濕的絲般擦觸，略略伸出的舌尖。我滿肚子不高興，套上一件古董蕾絲睡袍，啜飲女僕為我端來的熱巧克力充當早餐。之後，由於音樂是我的第二天性，我只可能前往音樂室，不久便在鋼琴旁坐下。

但我指尖下只流洩出一串微微不諧的音符：走了調……只有一點點，但我天生具有完美的音感，無法忍受繼續彈下去。海風很傷鋼琴，若我要繼續練琴，一定得請個調音師住進家裡才行！我失望地摔下琴蓋，現在我該做什麼，要怎麼打發充滿海水光亮的漫長白日，直到丈夫與我同床？

8.〔Félicien Rops（1833-98），比利時畫家。〕

9.〔亦稱薑黃，為一種香料，一般咖哩粉之為黃色便是由於加了鬱金。〕

想到那，我打了個寒噤。

圖書室似乎是他那身俄羅斯皮革味道的來源。一排又一排包著小牛皮的書本，棕色，橄欖色，書脊燙金，鮮紅摩洛哥皮的八開本。一張深深的皮沙發可供躺靠。一座雕成老鷹展翅狀的讀書台，放著一本于斯曼[10]的《那兒》，是某份私人印刷過份精緻的版本，裝訂得像彌撒書，釘以黃銅，飾有一顆顆彩色玻璃。地上的地毯有的深藍如搏動蒼穹，有的豔紅如心頭鮮血，產自伊斯法罕與波卡拉[11]。牆上的暗色鑲板微微發亮，海濤傳來催人欲眠的音樂，爐裡燒著蘋果木，玻璃門書櫃裡有新有舊的書脊映閃火焰。埃里法斯·勒維，這名字對我毫無意義。我瞇眼看看一兩本書名：《啟蒙》，《神秘之鑰》，《潘朵拉盒子的秘密》，然後打個呵欠。這裡沒什麼能留住一個等待初夜的十七歲女孩。此刻要是有本黃紙小說就好了，我想縮在熊熊爐火前的地毯上沈迷於廉價小說，嘴裡嚼著黏黏的包酒巧克力。若我拉鈴，就會有女僕送來巧克力。

然而我隨手打開了書櫃的門，瀏覽那些書。現在想起來，我想當時我知道，甚至還沒打開那本書脊上全無書名的薄冊之前，便透過指尖傳來的某種微麻感覺知道會在書裡找到什麼。他給我看那幅新買而愛不釋手的羅普斯時，不就暗示了他是這方面的行家？然而我沒料到會看到這個，女孩臉頰上掛著珍珠般的淚滴，又大又圓屁股下的屄是熟裂的無花果，多節的九尾鞭正要往那屁股抽下，旁邊一個男人戴著黑面具，空出來的那隻手撫弄自己的陰莖，陰莖向上彎曲彷彿他手持彎刀。圖片標題是「好奇的懲罰」。我那行事不同常人的母親已精確告訴過我情人之間做的是什麼事，因此我雖少不更事，但並不天真無知。根據扉頁的標示，這冊《尤拉莉土耳其大王後宮歷險記》是一七四八年在阿姆斯特丹印行的珍本。是某個祖先從那北方城市親自買回來的嗎？還是我丈夫在河左岸那些滿是塵埃的小書店買來自賞，書店裡會有個老頭透過一吋厚的眼鏡朝你瞄，看你敢不敢細瞧他店裡的貨……我帶著畏懼期待翻動書頁，油墨是鏽鐵色。接著又一張鋼版畫：「蘇

10.〔Joris-Karl Huysmans（1848-1907），法國小說家。〕

11.〔Isfahan，在今伊朗中部，為波斯地毯名產地。Bokhara（又作 Bukhoro 或 Bukhara），在今烏茲別克西部，為地毯等織品產地。〕

丹妻妾做為獻祭牲禮」。我知道得夠多，能看懂書裡內容到驚喘屏息的地步。

充滿圖書室的皮革味變得濃烈刺鼻，他的影子落在大屠殺的畫面上。

「我的小修女找到了祈禱書，是不是？」他問，奇特的語氣混合了嘲弄與享受；然後他看見我困惑難過又生氣的樣子，笑出聲來，把書從我手中抽走，放在沙發上。

「可怕的圖片嚇到小寶貝了嗎？小寶貝還沒學會用大人的玩具，就不該拿來玩，對不對？」

然後他吻我。這次不再收斂。他吻我，一手不容抗拒地按在我乳房上，隔著那層古董蕾絲。我跌跌撞撞走上螺旋梯進入臥室，來到雕刻鍍金的、他在此受孕成胎的那張床。我傻呼呼、結結巴巴地說：我們還沒吃午餐呢，而且，現在是大白天呀……

這樣才好把妳看得更清楚。

他要我戴上那條項鍊，那是一個逃過刀斧加頸的女人留下的傳家寶。我用顫抖的手指將項鍊戴上脖子，它冷得像冰，讓我全身發寒。他把我頭髮捲繞成一條繩從肩上掀起，好親吻我耳下生著細細絨毛的凹陷部位，吻得我一陣顫抖。然後他親吻那串熾烈的紅寶石。先吻紅寶石，然後吻我的嘴。心蕩神馳中，他吟道：

「華服美飾中她只留下／鏗鏘響亮的珠寶首飾。」

十二個丈夫刺入十二個新娘，哀啼海鷗在窗外邈邈高空中盪著無形的鞦韆。

尖銳持續的電話鈴聲讓我清醒過來。他躺在我身旁像棵砍倒的橡樹，鼾聲如雷，彷彿剛跟我打過一架。在那場一面倒的鬥爭中，我看見他死亡般鎮定的面容像瓷花瓶摜在牆上崩裂粉碎，我聽見他高潮時尖叫瀆神的話語，我流了血。也許我看見了他面具下的臉，也許沒有，但失去童貞讓我的髮變得無比散亂。

我打起精神，伸手探向床邊的景泰藍小櫃，接起藏在裡面的電話。是他在紐約的經紀人，有急事。

我搖醒他，自己翻過身側躺，雙臂環抱自己耗乏的身體。他的聲音嗡嗡響，像遠處一窩蜂。我丈夫。我充滿愛意的丈夫，將我臥房擺滿百合，變成葬儀社的防腐室。那些沈沈欲眠的百合搖著重重的頭，散發濃郁蠻橫的香氣，讓人想到嬌生慣養的肉體。

跟經紀人講完電話，他轉向我，撫摸那條緊咬我脖子的紅寶石項鍊，但現在他的手勢是那麼溫柔，我因之不再畏縮，任他愛撫我的乳房。我親愛的，我的小心肝，我的孩子，是不是很痛？真對不起，他太粗魯了，他情不自禁，因為，是這樣的，他太愛她了……這套情話讓我眼淚泉湧而出，緊緊抱住他，彷彿只有造成傷害的那人才能安慰我的疼痛。他對我喃喃低語了一陣，那聲音我從沒聽過，像大海柔聲的撫慰。但然後他便解開纏繞在他居家外套鈕釦上的我的頭髮，在我頰上短短一吻，對我說紐約經紀人打來通知的事實在太緊急，他必須一退潮就離開。離開城堡？離開法國！這一去就是六星期。

「可是我們還在度蜜月呀！」

一筆交易，涉及風險、機會和好幾百萬元的生意，如今岌岌可危，他說。他從我身旁退開，恢復蠟像般的靜定：我只是個小女孩，我不會懂的。而且，他不曾明言的那些話對我受傷的自尊說，我已經有過太多次蜜月，一點也不覺得這有什麼重要，我很清楚，這個我用一把彩色寶石和若干死獸毛皮買來的小孩不會跑掉。但是，等他打完電話叫巴黎的經紀人替他訂明天到美國的船票——只要打小小一通電話就好了，我的小親親——我們還有時間共進晚餐。

而我必須滿足於這種安排。

一道墨西哥菜，雉雞加榛果與巧克力；沙拉；滋味濃郁的白乳酪；麝香葡萄冰沙，阿斯提–史布曼德酒[12]。克魯格香檳啵一聲噴湧歡慶。然後是盛在珍貴小杯的酸濃黑咖啡，那杯壁其薄無比，杯上繪飾的鳥都籠罩在咖啡的陰影裡。在圖書室裡，我喝匡卓酒[13]，他喝干邑白蘭地，紫色天鵝絨窗簾拉起擋住夜色，他坐在搖曳爐火旁一把皮椅，讓我坐在他膝上。我已照他要求換上那件純潔的波瓦雷薄棉白洋裝，他似乎特別喜歡這件衣服，說我的乳房在輕薄布料下若隱若現，像一對柔軟小白鴿，各睜著一隻粉紅眼睛睡覺。但他不肯讓我拿下那條紅寶石項鍊，儘管它已經勒得我很不舒服，也不肯讓我挽起披散的頭髮，那頭亂髮標示著才剛破

12.〔Asti Spumante 是一種通常偏甜的氣泡白酒，產於義大利皮耶蒙地區的阿斯提。〕

13.〔cointreau，一種透明無色、柑橘口味的利口酒。〕

裂的童貞，仍是我們之間的一道傷口。他手指繞扯著我的髮，痛得我不禁皺眉。我記得當時我幾乎沒說什麼話。

「女僕應該已經換好我們的床單。」他說。「我們沒有把沾血床單掛出窗外、向全不列塔尼宣布妳是處女的習慣，現在已經是文明時代了。不過我要告訴妳，如果真要這麼做，結這麼多次婚以來，這會是第一次我能夠向對此感興趣的佃農亮出這樣一面旗。」

這時我才意外又吃驚地醒悟到，他之所以受我吸引，一定是因為我少不更事——他說我的懵懂就像無聲的音樂，以輕靈琴鍵彈出的《月光下的露台》[14]。你要記得當時我在那豪華城堡有多不自在，和他交往期間我又始終有多不安，這個追求我的、一臉肅穆的半人半羊神此刻正輕輕折磨我的頭髮。如今知道我的天真讓他愉悅，使我有了勇氣。加油！總有一天我會扮演完美無瑕的高雅仕女，儘管我現在只能從零開始。

然後，慢慢地但逗人地，彷彿送給小孩一份驚奇的大好禮物，他從外套某個暗袋掏出一堆鑰匙——一把又一把，他說全家每一道鎖的鑰匙都在這裡。鑰匙各式各樣，有黑鐵做的巨大古董，有的纖細精巧近乎巴洛克式，還有扁平的耶魯鑰匙是開保險箱和盒子的。他不在的時候，這些鑰匙就全交給我保管了。

我慎重看著那串沈重的鑰匙。在此之前，我不曾想過這樁婚姻的實際層面，在一棟大宅裡，有一筆大財富，與一個鑰匙多得像典獄長的大男人。這些是地牢的笨重古老鑰匙，以前我們有很多地牢，但現在都改裝成酒窖存放他的葡萄酒了，城堡岩石地基裡挖出的那許多痛苦深洞如今放著一排排落滿塵埃的酒瓶。這些是廚房鑰匙，這把是畫廊鑰匙，那可是個寶窟，滿是五個世紀以來狂熱收集的作品——啊！他可以想見我會在那裡待上好多個小時。

他以略顯貪婪的口吻告訴我，他依自己的品味恣意收藏了許多象徵主義畫作。畫廊裡有莫羅[15]畫他第一任妻子的偉大作品，著名的《犧牲受害者》，鎖鍊在她清淨的肌膚留下蕾絲般痕跡。妳知不知道那幅畫背後的故事？知不知道，當

14.〔La Terrasse des audiences au clair de lune，德布西作品。〕

15.〔Gustav Moreau（1826-98），法國象徵主義畫家。〕

剛離開蒙馬特酒吧的她第一次在他面前寬衣解帶，羞得不由自主披上一層紅暈，乳房、肩膀、臂膀、全身都紅了？他第一次脫去我衣服的時候，就想到了那個故事，那個親愛的女孩……恩索[16]，偉大的恩索，巨大的畫作：《愚昧的處女》。兩三幅晚期的高更，他最喜歡廢屋裡一個棕色女孩恍惚出神的那幅：《我們來自夜色，去至夜色》。除了他自己新買的畫，還有祖先留下來的精彩作品，有瓦陀，有普桑，還有兩幅非常特別的弗拉戈納爾[17]，是一個淫蕩好色的祖先請他畫的，聽說那祖先親率兩個女兒充當大師的模特兒……細數這些珍藏到一半，他突然停口。

妳這張又瘦又白的臉，親愛的；他說，彷彿第一次看見。妳這張又瘦又白的臉充滿放蕩的可能，只有行家才看得出來。

一截木柴落進火裡，掀起一陣火星，我手指上的蛋白石吐出綠色火焰。我感到非常暈眩，彷彿站在深淵邊緣，最怕的並不是他，他的龐然存在沈重得彷彿一出生便比我們其他人多了更確切的重力，即使在我自認最愛他的時刻也微妙地壓迫著我……不。我怕的不是他，而是我自己。在他那雙不反光的眼睛裡，我彷彿重生，重生為不熟悉的形體。他對我的形容陌生得簡直不像我，然而，然而——其中會不會有一丁點下流的真實？紅色火光中，我悄悄又紅了臉，想著他之所以選擇我，可能是因為在我的少不更事中察覺到鮮有的墮落天分。

這把是瓷器櫃的鑰匙——別笑，親愛的，那櫃子裡的賽弗蕾[18]可是價值連城，里莫日[19]也不遑多讓。還有這把鑰匙是那間鎖住又上閂的房，房裡放著傳了五代的盤子。

多不勝數的鑰匙、鑰匙、鑰匙。他將他辦公室的鑰匙託付給我，儘管我只是個小女孩；還有那些保險箱的鑰匙，他答應下次我們回巴黎時讓我穿戴箱裡的珠

16.〔James Sidney Ensor（1860-1949），比利時畫家。〕
17.〔Jean-Antoine Watteau（1684-1721）、Nicolas Poussin（1594-1665）、Jean-Honoré Fragonard（1732-1806），皆為法國畫家。〕
18.〔法國知名瓷器，最初於一七三八年在維塞恩（Vicennes）生產，後遷至賽弗蕾（Sèvres），故名。〕
19.〔亦為法國瓷器名產地，一七七一年於里莫日（Limoges）附近發現高嶺土礦藏後開始生產。〕

寶首飾。首飾可多著了！到時候我每天都可以換三副耳環和項鍊，就像約瑟芬皇后一天換三套內衣。至於也放在保險箱裡的股票，他發出敲擊般的空洞聲響——那算是他的輕笑聲——說，我大概就不會那麼感興趣，儘管它們的價值當然比珠寶高出太多。

在我們獨處的這方火光之外，我可以聽見潮水從前灘小石間退去的聲響，他離開我出發的時間就快到了。鑰匙環上只剩一支小鑰匙還沒交代，他略顯遲疑，一時間我還以為他會從眾多鑰匙兄弟間取下那支，放回口袋帶走。

「那支是什麼鑰匙？」他先前的善意揶揄讓我膽子大起來，追問道。「打開你心房的鑰匙嗎？給我！」

他把鑰匙高舉在我頭頂逗我，就舉在我極力伸長手指恰好搆不到的地方，光裸紅唇裂出一個微笑。

「哦，不是。」他說。「不是我心房的鑰匙。是我禁區[20]的鑰匙。」

他沒有取走那支鑰匙，將鑰匙環重新扣好，搖動著發出樂聲，彷彿排鐘。然後他把整堆鑰匙叮鈴噹啷丟在我膝上，透過細薄的棉布，我感覺冰冷的金屬讓我大腿發寒。他俯身向我，隔著鬍子面具在我額上印下一吻。

「每個男人都必須有個妻子不知道的秘密，即使只有一個也好。」他說。「答應我，我的乳白小臉的鋼琴手，答應我妳不會去用最後那支小鑰匙。除了它之外，整串鑰匙隨便妳用，妳愛玩什麼盡量玩，珠寶也好，銀盤也好，高興的話拿那些股票折紙船、放進大西洋讓它們漂來找我也行。一切都是妳的，哪裡妳都可以開——獨獨除了這支鑰匙的那個鎖。但它其實只是西塔樓底的一個小房間，在蒸餾器室後面，一條又暗又窄的走廊盡頭，結滿可怕的蜘蛛網，如果妳去那裡，蜘蛛網會沾妳一身又嚇著妳。哦，何況那只是個無趣的小房間而已！但妳必須答應我，如果妳愛我，就離那裡遠遠的。那只是個私人書房，避難天地，就像英國人說的『私人小窩』，讓我有時可以去躲一躲，在婚姻重擔偶爾但難免變得太沉重的少數時刻。妳懂吧，讓我可以到那裡偶爾享受一下，想像自己沒有妻子的感覺。」

20.〔原文為法文 enfer，意為地獄，亦有「亂七八糟、難以忍受的地方」或「存放禁書的地方」之義。〕

我裹著毛皮大衣送他上車，庭院裡有淡淡星光。他最後說的話是，他已打電話跟內陸那邊聯絡過，雇了一名調音師，那人明天就會來報到。他把我往那駱馬毛料的胸口抱了一下，然後便搭車遠去。

那天下午我在昏沈瞌睡中度過，現在睡不著了，在他的祖傳大床上輾轉反側，直到又一個破曉染白那十二面鏡子，讓鏡中充滿海水白亮的映影。百合香味沈沈壓著我的感官。一想到從此之後我必須同床共枕的男人跟百合一樣有蟾蜍般微微潮冷的皮膚，我心中便模糊感到一股寂寥；如今我的女性傷口已經癒合，某種昏暈反胃的渴望隨之覺醒，渴望他的愛撫，就像孕婦渴望炭味、石灰味、或腐壞食物的味道。他不是已以他的肉體和言談和神態，向我暗示未來將有無數巴洛克式的肉體交合嗎？我躺在我們的大床上，與我為伴的是無眠的、新生的黑暗好奇心。

我獨自躺在床上。而我渴望他。而他令我作嘔。

他保險箱裡所有珠寶可足夠補償我受的這折磨？這整座城堡的財富是否足以

暫時替代那個我如今必須共享這一切、卻又不在我身邊的人？還有，我對這個謎樣人物既欲望又畏懼的心情到底是什麼，這個為了展現他對我的掌控，新婚之夜便拋下我的人？

然後我猛然從床上坐起，在上方滴水嘴怪獸的譏嘲雕刻面具下，震驚於一個瘋狂的猜想。他離開我會不會並非前往華爾街，而是去找某個天知道藏在哪裡的糾纏不清的情婦，她知道怎麼取悅他，遠勝這個手指只練習過音階和琶音的女孩？而後我慢慢平靜下來，躺回枕頭堆上。我承認，我這自己嚇自己的嫉妒猜測之中，也不是沒有摻雜一點點鬆了口氣的感覺。

天光照進房裡趕走惡夢，我終於睡去。但睡著前我記得的最後一樣東西是床旁那瓶百合，厚厚的玻璃瓶身使粗肥花莖扭曲變形，看似一條條手臂，切斷的手臂，漂浮淹沒在發綠的水裡。

咖啡和牛角麵包聊以慰藉獨自醒來的新娘。很美味。還有蜂蜜，來自玻璃小盤上的一塊蜂窩。女僕把芳香的柳橙汁擠進冰透的高腳杯，我躺在有錢人日上三竿還不起的床上看著她。然而今天早上不管什麼事都無法讓我愉快太久，只有聽見鋼琴調音師已經動手工作最令我高興。一聽女僕這麼說，我立刻跳下床，套上嗶嘰裙和法蘭絨襯衫的舊日學生裝扮，跟眾多精緻新衣比起來，還是這麼穿最令我自在。

我練了三小時琴，然後找來調音師向他致謝。他是盲人，這點在意料之內，但是很年輕，有一張線條溫和的嘴，灰色眼睛定在我身上，儘管看不見我。他家住在堤道那一頭的村裡，父親是鐵匠；他在教堂參加唱詩班，好心神父教他調音，讓他有一技之長可以謀生。一切都非常滿意。是的。他想他在這裡工作會很愉快。還有，他害羞地又加了一句，如果偶爾可以允許他聽我彈琴的話……因為，是這樣的，他很愛音樂。當然可以，我說。沒問題。他似乎察覺到我露出了微笑。

儘管我起得這麼晚，但讓他退下之後，我的「五點鐘」才剛到而已。由於丈夫已細心吩咐過管家，因此她先前沒有打擾我練琴，現在則莊嚴肅穆來見我，列出一頓遲來午餐的洋洋灑灑菜單。我告訴她我不想吃，她挺著鼻子斜眼看我，我立刻明白，身為城堡女主人的要務之一就是讓僕役有工作可做；但我還是保持堅定，說我等晚餐再吃即可，儘管我對於即將獨自一人用餐感到緊張。結果我又得告訴她我晚餐想吃什麼。我的想像力還是小女學生，這時天馬行空起來。鮮奶油醬配禽肉——或者該以外皮塗油烤得光亮的火雞提早過聖誕？不，我決定了，酪梨鮮蝦，要很多很多，然後完全不要主菜。但甜點就給我個驚奇吧，把冰庫裡所有口味的冰淇淋都端上來。她記下我的吩咐，但態度不以為然。我令她震驚了。這麼差勁的品味！還是個孩子的我，在她離開後吃吃笑起來。

但，現在……現在我該做什麼呢？

我很可以高高興興花一個小時打開整理那些裝滿新衣的皮箱，但女僕早已代勞，那些洋裝禮服、那些量身訂做的衣裳都掛在我穿衣間的衣櫥，帽子戴在木製假人頭上保持形狀，鞋子也套在木頭假腳上，彷彿這些不會動的東西都在模仿活人，嘲笑我。我不喜歡在那過於擁擠的穿衣間裡待太久，充滿陰沈百合香味的臥房亦然。該怎麼打發時間？

就在我個人專用的浴室泡個澡吧！於是我發現水龍頭全是黃金小海豚，鑲著碎土耳其石的眼睛；浴室裡還有一大缸金魚，在款擺水草間游來游去，就跟我一樣無聊，我想。我真希望他沒有丟下我一個人。我真希望能夠跟，比方說，女僕或調音師閒聊……但我已經知道，自己如今的身分階級不允許與僕役為友。

原本我希望盡可能拖晚一點再打電話，這樣晚餐後死氣沈沈的多餘時間就有件令我期待的事可做，但到了六點四十五分，城堡四周已陷入黑暗，我再也按捺不住了，終於打電話給母親。然後一聽到她聲音就哭起來，讓自己大吃一驚。

沒有，沒事。媽。我的浴室有黃金水龍頭。

我說，黃金水龍頭！

是啊，這是沒什麼好哭的，媽。

線路狀況非常差，我幾乎聽不見她對我的祝賀和詢問和關切，但掛下電話後，我還是感覺稍微安慰了些。

然而離晚餐還有整整一小時，之後還有無法想像的沙漠般的一整夜。

那堆鑰匙仍在他留下的地方，就在圖書室壁爐前的地毯上，金屬質材被爐火烘得不再冰冷，摸起來幾乎跟我的皮膚一樣溫暖。我撿起那串叮噹作響的鑰匙時，加添柴火的女僕對我投來責備的眼光，彷彿我粗心把鑰匙隨手亂放是對她設下圈套。這些是這座美麗監獄中每一扇門的鑰匙，我既是囚犯又是主人，卻幾乎什麼都還沒看到。想起這一點，我感到探險的興奮。

開燈！更多燈！

只消一碰開關，如在夢中的圖書室便照得一片光亮。我在城堡裡到處亂跑，打開找得到的所有電燈，還命令僕人將他們房間也開亮燈光，讓這座城堡大放光明，像個海上的生日蛋糕，由一千枝蠟燭照亮，每一枝代表它的一歲，讓岸邊每個人看得驚奇。等到整座城堡亮堂堂一如巴黎北站的咖啡館，擁有這堆鑰匙所代表的意義便不再令我卻步，因為現在我下定決心要尋遍每個角落，找出我丈夫的真實性情。

顯然，第一個就從他辦公室找起。

一張足有半哩寬的桃花心木書桌，一副乾乾淨淨的吸墨具，一整排電話。我讓自己奢侈地打開裝珠寶的保險箱，在皮盒堆中翻來翻去，看見這樁婚姻讓我如今坐擁神燈精靈般的何等財富——首飾，手鐲，戒指……我正如此這般處在鑽石包圍中，一名女僕敲敲門，不待我回答便逕自進房；這是暗含輕慢的不禮貌行為，等丈夫回來我一定要跟他提。她傲慢地瞟瞟我的嗶嘰裙：夫人晚餐要更衣嗎？

聽見這話我大笑起來，她輕蔑地撇撇嘴。她比我更有上流仕女架勢。可是你想像一下——穿起一件波瓦雷的華麗盛裝，插戴滿頭珠寶帽飾，披掛長至肚臍的珍珠項鍊，只為獨自一人坐在那公侯將相的餐廳裡，坐在那張據說馬克國王曾宴請麾下騎士的龐大餐桌桌首……在她不讚許的冷淡眼光下，我逐漸冷靜下來，以軍官之女的簡潔語氣發話。不，我晚餐不打算更衣。而且我不餓，根本不想吃晚餐。她必須轉告管家取消我吩咐的那場學生宿舍式盛宴。請他們在我的音樂室留些三明治和一壺咖啡好嗎？然後他們今晚就可以休息了好嗎？

當然，夫人。

從她痛切的聲調，我聽得出我再次讓他們失望了，但我不在乎，有丈夫滿坑滿谷的璀璨珠寶保衛我對抗他們。但在閃亮寶石堆裡是找不到他的心的，一待女僕離開，我便開始有系統地搜尋他的書桌抽屜。

一切井井有條，因此我一無所獲。沒有隨手塗寫的舊信封，也沒有褪色的女人照片，只有生意往來書信的檔案、領地農莊的帳單、裁縫收據、跨國金融機構的「情書」。什麼也沒有。他真實生活的證據如此付之闕如，反而令我更覺蹊蹺；既然他如此不遺餘力掩藏，表示一定有很多見不得人的東西。

他的辦公室是間特別沒有人味的房間，朝向內側庭院，彷彿他要背對女妖魅人歌聲般的大海，專心讓阿姆斯特丹某個小商人破產，或者——我既興奮又不齒地想到——參與寮國某項必然涉及到鴉片的生意，因為他曾語帶玄機地提到，自己對罕見的罌粟花有著業餘植物學家的熱切興趣。他已經這麼有錢，難道不能不插手犯罪活動嗎？還是犯罪活動本身正是他賺錢的方式？然而我已經看到夠多，足以體會他是多麼狂熱地將一切保密。

翻遍他抽屜後，接下來我必須頭腦清醒地花十五分鐘將每一封信放回原位，掩飾我翻看過的痕跡。我將手伸進一個卡住的小抽屜，一定是湊巧碰著某個彈簧，小抽屜中立刻應聲彈出另一個秘密抽屜，裡面放著——終於！——一份標示「私人」的檔案。

我獨自一人，只有未拉窗簾的窗上映影與我為伴。

一時間我覺得，他的心彷彿就夾在這份非常薄的檔案裡，扁平一如壓花，猩紅而薄如面紙。

也許我寧願沒找到那張錯字連連的動人紙條，寫在印有「圓頂咖啡館」字樣的餐巾紙上，第一句是：「親愛的，我迫不及待完全成為你的。」歌劇女伶捎給他一張《崔斯坦》的〈愛之死〉樂譜，上面只潦草寫著謎般的：「直到……」但這些情書中最奇怪的是一張明信片，畫面是一處山間村落的墳場，某個一身黑的食屍妖正興致勃勃刨挖墳墓；這場景以大木偶戲極度陰森濃烈的風格組成，文字說明：「川藪斐尼亞的典型場景——萬靈節，午夜時分」，另一面則寫著：「此回與吸血鬼後裔婚配——永遠別忘記，『愛情最至高無上、獨一無二的愉悅，乃在於心中確知自己正從事邪惡之事』。致上所有的愛，卡」。

一個玩笑，而且是沒品味到極點的玩笑：他上一任夫人不就是位羅馬尼亞女伯爵嗎？然後我記起她漂亮伶俐的臉，還有她的名字——卡蜜拉。看來，距我時間最近的這位城堡女主人是歷任中最世故機敏的一位。

我收好那份檔案，整個人清醒過來。我在親情和音樂的圍繞下長大，完全無從學會這些成年人的遊戲，然而這些正是他留給我的線索，至少顯示他曾受到何等深愛，儘管沒有說明他何以值得如此深愛。但我還想知道更多。我關上並鎖起辦公室的門，此時，提供更多發現的方式就這麼落在我面前。

不只是落，還發出整盒餐具掉地的叮噹亂響，因為我轉動辦公室門滑順的耶魯鎖時不知怎麼碰開了鑰匙環，於是所有鑰匙全唏哩嘩啦散落滿地。而不知是巧合或厄運使然，我第一把撿起的就是那間他不准我去的房間的鑰匙，那間他專供己用、想感覺自己仍然單身時便可前往的房間。

我決定前去一探，接著感覺自己對他那蠟像般靜止神態所感到的難以定義的畏懼又再度微微浮現。也許當時我半是想像地忖道，或許在他的小窩裡我會找到他真正的自己，等著看我是否真的聽他的話；或許他送去紐約的只是一具會動的軀體，是那具呈現在公眾面前的神秘內斂外殼，而那個我曾在性高潮的風暴中瞥見其面目的真人，則在西塔下的書房忙著緊迫的私事。然而若真是如此，那我更必須找到他、認識他，同時我也太受他對我表現出來的欣賞所蒙蔽，根本沒去想我不聽話可能真的會觸怒他。

我拿走那把禁忌的鑰匙，其他的棄於原地。

現在時間非常晚了，城堡漂在水上，離陸地的距離最遠，浮在沈默大海中——如我所要求的——宛若放光的花環。一切沈默靜定，只有浪潮喃喃低語。

我不畏懼，一點也不覺得害怕，如今我步伐堅定，就像走在自己娘家屋裡。那走廊根本不窄小，也沒有積滿灰塵，他為什麼要騙我？但這裡燈光確實不足，電線不知為何沒有牽到這兒，於是我退回蒸餾器室，在櫥櫃裡找到火柴和一捆蠟燭，是準備用在豪華晚宴場合照亮那張橡木大桌的。我用火柴點燃寥寥一根蠟燭，拿在手裡往前走，彷彿悔罪之人。長廊兩旁掛著沈重的織錦，我想是來自威尼斯，燭火不時照出這裡一個男人的頭，那裡一雙豐滿乳房露在衣服的裂縫外——也許是「薩賓女子遇劫圖」[21]？出鞘的劍和被殺的馬匹顯示主題是某個血腥的神話故事。走廊蜿蜒向下延伸，鋪著厚毯的地面有幾乎察覺不出的輕微斜度。牆上沈甸甸的織錦掩住了我的腳步聲，甚至我的呼吸聲。不知為什麼，這裡愈來愈熱，我額上冒出汗珠，也不再聽見海的聲音。

這條走廊漫長曲折，我彷彿走在城堡的腸道裡。最後，走廊通往一扇遭蟲蛀蝕、上端呈圓形的橡木門，閂以黑鐵。

而我仍然不畏懼，頸背沒有汗毛直豎，指尖也不覺得發麻。鑰匙插進那具新鎖，順暢一如熱刀切奶油。

不畏懼，但有些遲疑，心理上一陣屏息。

若說我在標著「私人」的檔案裡找到了一點他的心，那麼在這地底的私密空間或許能找到一點他的靈魂。想到可能有此發現，想到發現的內容可能奇怪，我靜止不動片刻，然後在我已有些微不純的天真魯莽中，我轉動鑰匙，門吱嘎一聲緩緩推開。

「愛的舉動與施行酷刑有驚人的相似之處。」我丈夫最喜歡的詩人如是說，我在婚床上也體會到了些許。此刻我手中的燭火照見一張拷問臺，還有一個巨大的輪子，就像我在老保母那些聖書裡看過的聖人殉教的木刻版畫。此外——只來

21.〔薩賓(Sabine)人為義大利中部亞平寧山區的古代民族，被傳說中建立羅馬的羅慕勒斯征服，「薩賓女子遇劫」是戰爭中一個事件。〕

得及匆匆一瞥，我的微弱燭火便熄滅了，讓我陷入徹底黑暗——有一具鐵鑄人形，身側裝置鉸鍊，我知道它內佈尖釘，名為「鐵處女」。

一片徹底黑暗中，我被殘酷刑具包圍。

直到那一刻，這個被寵壞的小孩才知道，自己繼承了母親在中南半島力抗黃皮膚不法之徒的那種勇氣和意志力。母親的精神驅使我繼續前進，深入這可怕的地方，冷然忘我地探知最惡劣的情境。我從口袋裡摸索出火柴，火柴的光線是多麼晦暗淒涼！然而那光線卻足夠，哦太足夠了，讓我看見一間專為褻瀆神聖而設計的房間，專為某個黑暗夜晚設計，讓難以想像的情人以毀滅代替擁抱。

這間赤裸裸酷刑室的牆壁是光禿岩石，微微發亮，彷彿它們也怕得冒汗。房間四角放著年代久遠的骨灰甕，或許是傳自伊特魯利亞[22]；數座烏木三腳架放著他點燃的香爐，讓房裡充滿神職處所的怪味。我看見，巨輪、拷問臺和鐵處女在這裡都堂而皇之陳列，彷佛是雕塑藝術品，於是我幾乎感到安慰，幾乎說服自己或許只是撞見了他小小怪癖的博物館，或許他把這些東西裝在這裡只是為了沈思觀想。

然而房間正中央有一座放置靈柩的台架，陰慘而不祥，出自文藝復興時期的工匠之手，四周圍滿白色長燭，前端一只四呎高的大花瓶，釉色是肅穆的中國紅，瓶裡插一大把百合，跟他擺滿我房裡的百合一模一樣。我幾乎不敢細看這座靈柩台和上面躺著的人，但我知道非看不可。

我每擦亮一根火柴點燃她床邊的蠟燭，就彷彿他所慾求的我的天真又脫落了一層。

歌劇女高音赤裸地躺在那裡，只蓋薄薄一層非常稀有珍貴的亞麻布，以前義大利君王用來包裹遭他們毒殺之人的屍體。我非常、非常輕地碰觸她的白皙乳房，她是冷的，被他防腐處理過。在她喉頭，我看見他勒斃她留下的青色指痕。清冷悲哀的搖曳燭火照在她緊閉的白色眼瞼上。最可怕的是，死者的嘴唇露出微笑。

靈柩那一頭的幢幢暗影中，有一處珠母貝似的白色微光，等我的眼睛習慣了

22.〔Etruria，義大利中部一古國。〕

四周聚攏的黑暗，終於——哦多可怕！——看出那是一顆骷髏頭。是的，這骷髏頭已完全沒有皮肉，幾乎無法想像光禿禿的顱骨外曾一度包裹著生命豐沛的血肉。骷髏頭以一組看不見的線懸吊，彷彿兀自飄浮在沈重靜止的空氣中，戴著一圈白玫瑰，披著蕾絲薄紗，便是他新娘的最後形象。

然而那顆頭仍然美麗，那副骨骼輪廓曾形塑出一張那麼高高在上的面容，我一眼就認了出她。那張臉是走在夜色邊緣的晚星。哦，可憐的親愛的女孩，只踏錯一步，妳便走進他不幸妻子的行列；只踏錯一步，便跌進黑暗深淵。

而她又在哪裡呢，最新近死去的她，那位或許曾以為自己的血胤足以熬過他折磨的羅馬尼亞女伯爵？我知道她一定在這裡，在這個如一捲無法收回的線拉著我穿過城堡走向它的地方。但起初我看不到任何她的蹤跡。然後，由於某種原因——或許是我的出現導致空氣氛圍有所改變——鐵處女的金屬外殼發出一聲幽魂般的嚶嗡，我猶如熱病譫妄的想像力幾乎以為裡面的人想爬出來，但即使在愈來愈歇斯底里的情況下，我也知道裡面的她一定已經死了。

我用發抖的手指扳開那具直立棺材的前半面，鐵處女張著嘴的臉帶著永遠的痛苦神情。驚嚇中，我失手將仍攥在手裡的鑰匙掉在地上，掉進那攤逐漸積起的她的血。

她全身被百道尖釘穿透，這個吸血鬼國度的後裔看來彷彿剛死，如此充滿鮮血……哦天哪！他到底什麼時候才變成鰥夫的？她在這猥褻牢房中關了多久？難道是他在巴黎的光天化日下追求我的那整段時間？

我輕輕闔上她的棺材蓋，痛哭起來，既是憐憫他這些受害者，亦是恐懼痛苦於知道我也是其中之一。

燭火猛然變亮，彷彿有另一道通往別處的門吹來一陣風。火光照在我手上的火蛋白石，它閃現一道邪異光芒，彷彿告訴我上帝的眼睛——他的眼睛——正在看我。看見自己為之賣身給如此命運的那枚戒指，我第一個念頭便是該如何逃離。

我還足夠鎮定，用手指一一捻熄棺架旁的燭火，撿起自己帶來的那根蠟燭，儘管打著寒噤也不忘環顧四周，確保不留下痕跡。

我撿起那攤血中的鑰匙，包在手帕裡免得弄髒雙手，摔上門逃離那房間。門在一陣震動迴響中砰然關上，有如地獄之門。

我不能躲回臥室，因為那裡還有他存在的記憶，鎖在那些鏡子深不可測的塗銀表面裡。音樂室似乎是個安全的地方，不過我看著聖西西里亞的眼神帶有些許恐懼：她是怎麼殉教的？我腦中一片混亂，種種逃離計畫擠成一團……一待退潮露出堤道，我就要逃向內陸——用走的，用跑的，用跌跌撞撞的。我不信任那個穿皮衣的司機，也不信任舉止規矩的管家，更不敢向那些鬼魂般蒼白的女僕吐露秘密，他們全是他的人，全部都是。一到村裡，我就要直接飛奔去警部求援。

但是——他們我就可以信任嗎？他祖先統治這帶沿岸已經八個世紀，以大西洋為護城河，以那城堡為王座。警察、律師、甚至法官，難道不會也聽命於他，對他的惡行視若無睹，因為他是主子，他的命令必須服從？在這偏遠海岸，有誰會相信來自巴黎的這個女孩，跑向他們訴說令人顫抖的故事，訴說血跡、恐懼、在陰影中低語的妖魔？或者他們立刻就會知道我說的是實話，只不過每個人都以名譽擔保，不容我再去向外人說。

救援。我母親。我奔向電話，而，當然，線路是斷的。

就像他那些命斷於此的妻子。

窗外仍是一片毫無星光的濃重黑暗。我將房裡每一盞燈大開，抵擋外面的黑暗，但黑暗卻似乎仍侵向我、仍來到我身旁，只不過以燈光做為面具，夜色宛若某種滲透性物質，能沁透我皮膚。我看著那座珍貴的小時鐘，多年前在德勒斯登製成，裝飾著偽善的天真小花朵；從我下樓前往他的私人屠宰場到現在，指針才移動了不到一小時。時間也是他的僕人，會把我困在這裡，困在這將永遠持續的夜色裡，直到他回到我身邊，像無望早晨的黑色日出。

然而時間卻也可能是我的朋友：在這個鐘點，就在這個鐘點，他便要上船航向紐約。

想到再過幾分鐘丈夫便會離開法國，讓我的慌亂失措稍微平靜了一點。理智告訴我沒什麼好怕的，潮水會帶他前往紐約，也會讓我逃出這座城堡監牢。我一定不難避開僕人的耳目，在火車站買車票也很簡單。然而我心中仍充滿不安。我掀開鋼琴蓋，也許覺得自己的這套魔法此刻或許能幫助我，從音樂中創造一個五芒星形保護我不受傷害，因為，既然當初是我的音樂吸引了他，難道它不會也給我力量逃離他獲得自由？

我機械式地開始彈奏，但手指僵硬又發抖，起初除了徹爾尼的練習曲之外什麼也彈不了，但彈奏的動作本身撫慰了我；為了尋求慰藉，為了他曲中那崇高數學的和諧理性，我在巴哈的作品中尋找，直到找到《十二平均律曲集》。我開始了療癒的練習，彈遍巴哈筆下所有方程式，一首不漏，並告訴自己，只要我從頭到尾不彈錯半點——那麼早晨來臨時我便將重回處子之身。

手杖掉地的喀啦聲。

是他的銀頭手杖！除此之外還能是什麼！狡猾聰明的他回來了，就在門外等著我！

我站起身，恐懼給了我力量。我叛逆地高高抬起頭。

「進來！」我的聲音堅定又清晰，令自己吃了一驚。

門緊張地慢慢打開，我看見的不是龐然而無法挽回的丈夫軀體，卻是體型瘦弱、彎腰低頭的調音師，他看來對我的害怕遠超過我母親的女兒面對惡魔本人時可能的害怕。在酷刑室時，我以為自己再也不會笑了，但此刻我不由自主鬆了口氣大笑起來，那男孩一陣猶豫，臉上表情也逐漸柔和，露出一點幾乎是羞愧的微笑。那雙眼睛雖盲，卻非常甜美。

「請原諒我。」尚伊夫說。「我知道我這樣半夜躲在妳門外，妳就已經很有理由辭退我……但我聽見妳到處走來走去，樓上樓下跑——我住在西塔下的一個房間——某種直覺告訴我妳睡不著，也許會彈琴度過失眠的時光。這樣一想，我就無法抗拒。而且我無意間絆到了這些——」

他遞出我掉在丈夫辦公室門外的那串鑰匙，鑰匙環上少了一支。我接過來，環顧四周找地方放，最後決定琴椅，彷彿藏起鑰匙就能保護自己。他仍站在那兒對我微笑。要若無其事閒聊是多麼困難。

「太完美了。」我說。「這琴。音調得太完美了。」

但他因困窘變得非常饒舌，彷彿必須把自己這不當行為的起因徹底解釋清楚，我才會原諒他。

「今天下午我聽到妳彈琴，我從沒聽過這樣的手法，這樣高妙的技巧。能聆聽這麼一位大師，對我真是太奢侈了！所以，夫人，剛才我像隻卑屈的小狗悄悄爬到妳門邊，把耳朵貼在鑰匙孔上聽——直到我一時笨手笨腳掉了手杖，被妳發現。」

他的微笑純真，無比動人。

「音調得太完美了。」我又說一遍。令自己驚訝的是，說完這句，我發現我再也說不出別的話，只能一而再、再而三重複：「音準……完美……調得完美。」我看見他臉上逐漸出現驚訝的表情。我的頭陣陣作痛。看見充滿可愛人性的盲眼的他，似乎刺傷了我，讓我胸口內在某處深深刺痛；他的模樣變得模糊，房間在我四周搖晃。在那染血之室的可怕秘密揭露之後，卻是他溫柔的神情使我暈倒在地。

恢復意識時，我發現自己躺在調音師的懷裡，他正拿琴椅的絲綢座墊枕在我背後。

「妳正受著很大的苦。」他說。「才剛結婚的新娘不應該會這麼難過呀。」

他說話的語調帶著鄉間的節奏，潮汐的節奏。

「被帶到這座城堡的新娘都應該穿著喪服，帶著神父和棺材來。」我說。

「什麼？」

事到如今，要保持沈默已經太遲；如果他也是我丈夫的人，那麼至少他對我很仁慈。於是我告訴他一切，那串鑰匙，那項禁忌，不聽話的我，那間房間，那張拷問臺，那顆骷髏頭，那些屍體，那攤血。

「我簡直難以相信。」他驚詫說道。「那個人……那麼富有，出身那麼高貴。」

「證據在這裡。」我說著抖出手帕裡那支致命的鑰匙，落在絲毯上。

「哦，天啊。」他說。「我聞到血的味道。」

他握我的手，雙臂緊擁住我。儘管他只是個大男孩，我感覺有股強大力量自他的撫觸傳達到我身上。

「在我們沿海這一帶，從北到南都謠傳許多奇怪的故事。」他說。「以前有一位侯爵，常在內陸狩獵年輕女孩，放獵犬去追她們，好像她們是狐狸。我祖父聽他祖父說，侯爵有次從馬鞍上的袋子拎出一顆人頭，給正在幫他的馬上蹄鐵的鐵匠看。『很不錯的棕髮品種吧，吉尤姆？』那是鐵匠妻子的頭。」

但是，在比較民主的現代，我丈夫得去巴黎進行狩獵。我一打寒噤，尚伊夫便察覺了。

「哦，夫人！以前我以為那都是無稽之談，只是蠢人胡扯，用來嚇小孩乖乖聽話的！但妳是外地人，哪可能知道這地方以前叫做『謀殺城堡』？」

的確，我哪可能知道呢？只不過在心底深處，我一直知道這城堡的主人會置我於死地。

「聽！」我的朋友突然說。「大海變了音調，現在一定快早上了，正在退潮。」

他扶我站起，我看著窗外，視線沿著堤道望向陸地，堤道的石子路面在夜晚盡頭的薄光中一片濕亮。此時一陣無法想像的驚恐、一種我此刻無法向你傳達的驚恐襲來，我看見遠方，儘管仍然遙遠但一分一秒無可挽回地愈來愈近，是他那輛大黑車的一對大燈，在飄盪霧氣中挖出一條通道。

我丈夫真的回來了，這一次不再是想像。

「那把鑰匙！」尚伊夫說。「得套回鑰匙環上，假裝什麼事都沒發生。」

但鑰匙仍裹著潮濕血跡，我奔進浴室開熱水沖洗。猩紅水流在洗手盆裡旋繞，但血痕始終洗不去，彷彿鑰匙本身受了傷。海豚水龍頭的土耳其石眼睛嘲弄地朝我眨，它們知道丈夫比我聰明得太多！我拿我的指甲刷拚命刷它，但血漬仍然文風不動。我想到此刻車正無聲無息駛向關閉的院門。我愈是拚命刷洗，那血漬愈是色彩鮮明。

門房小屋的鈴聲即將響起，守門人那睡眼惺忪的兒子即將掀開百衲被，套上襯衫，把腳穿進木鞋……慢慢地，慢慢地，盡可能慢慢地為你主人開門……

而那血漬仍然嘲笑著從獰笑海豚口中流出的清水。

「妳沒有時間了。」尚伊夫說。「他到家了。我感覺得到。我必須留在這裡陪妳。」

「不行！」我說。「回房去，請你快回去。」

他遲疑著。我聲調變得堅如鋼鐵，因為知道自己必須獨自面對我的夫君，我的主。

「快走！」

他一離開，我便收起那些鑰匙，回到臥房。堤道上空無一物，尚伊夫沒說錯，我丈夫已經進入城堡。我拉上窗簾，扯下身上的衣服，把床單蓋上身，這時一陣刺鼻的俄羅斯皮革香味清楚告訴我，丈夫已經回到我身旁。

「最親愛的！」

他以最陰險、最淫蕩的溫柔親吻我的眼睛，而我假扮剛被喚醒的新娘，伸出雙臂攬住他。我是否能得救，全靠百依百順的表現了。

「里約的達西爾瓦比我技高一籌。」他嘿然說道。「紐約的經紀人打電話到勒哈伕港，省了我白跑一趟。這下我們可以繼續先前被打斷的樂趣了，親愛的。」

我一點也不相信這番說詞。我知道我的所作所為完全依照他心裡所想，他買下我不就是為了這一點嗎？我被騙得背叛了自己，走進深不可測的黑暗，禁不住趁他不在時去找出那黑暗的源頭；如今我已見過他那只活在暴虐酷刑中的陰暗現實，就必須為新獲得的知識付出代價。潘朵拉之盒的秘密。但盒子是他親自交給我的，知道我一定會找出那秘密。在這場棋戲中，我每一步都受控於如他一般沈重壓迫且無所不在的命運，因為那命運就是他。而我輸了。輸掉了他讓我加入的那場天真與惡習的比手劃腳表演，就像受害者輸給劊子手。

他一手拂過床單下我的乳房，我拚命控制自己，但仍禁不住退卻縮躲那親密碰觸，因為這讓我想到鐵處女穿透全身的擁抱，以及地下室那些輸給他的情人。看見我的遲疑，他眼神籠罩起一層霧，但慾望並沒有減退。他伸舌舔舔已經潮濕的嘴唇，無聲神秘地自我身邊移開，脫去外套，取出背心口袋的金懷錶放上梳妝台，就像個中規中矩的資產階級，再掏出叮叮噹噹的零錢，接著——哦天哪！——煞有介事拍拍全身口袋，困惑地嘟起嘴，尋找某樣不知放到哪裡的東西。然後他轉向我，帶著一個可怖的勝利微笑。

「對了！我把鑰匙交給妳了嘛！」

「你的鑰匙？呀，當然囉，就在我枕頭底下，等一下——怎麼——啊！沒有……我想想，我把它放哪去了？我記得我在彈鋼琴，排遣沒有你的時光。對了！在音樂室裡！」

他把我那件古董蕾絲睡衣拋在床上。

「去拿來。」

「現在?現在就要?不能等到早上再說嗎，親愛的?」

我強迫自己擺出誘人姿態，看見自己蒼白柔順，像一株植物求對方把自己踩在腳下，十二面鏡子裡映照出十二個脆弱懇求的女孩，也看出他差一點抗拒不了我的誘惑。若他上床到我身旁，我當下便會勒死他。

但他半咆哮地說：「不行，不能等。現在就要。」

陌異的晨曦充滿房間。在這個邪惡的地方，我真的才度過一個早晨嗎?現在我別無選擇，只能去取出琴椅裡的鑰匙，祈禱他不會太仔細看，向上帝祈禱他的眼睛失靈，祈禱他突然變瞎。

我走回臥室，每一步鑰匙環都叮噹作響有如奇妙樂器。這時，身穿一塵不染襯衫的他坐在床上，頭埋在雙掌中。

看來彷彿陷入絕望。

真奇怪。儘管我那麼怕他，讓我臉色變得比身上睡衣還白的卻是這幅情景。那一刻，我感覺他身上散發出一股絕對絕望的氣息，腐臭又可怖，彷彿他周遭的百合花全都同時開始腐爛，或者他那俄羅斯皮革的香味退化成原先的成分：剝下的皮與排泄物。他的存在具有冥府般的重力，使房間承受無比壓力，使我耳朵裡只聽見自己血管突突跳，彷彿我們突然深在海底，在拍岸浪濤之下。

我把自己的性命跟那串鑰匙一起捧在手裡，接下來就得交給他那雙修得乾乾淨淨的手。染血之室的證據顯示我無法期待他大發慈悲。然而當他抬起頭，以那雙彷彿封閉、視而不見的眼睛看著我，我對他感到一陣怖懼的憐憫，憐憫這個生活在如許奇異秘密地方的男人，若我夠愛他，願意隨他前往，那麼我便必須死。

無比殘暴的怪物卻又是那麼寂寞！

他臉上的單片眼鏡已經掉下，一頭鬈曲獅鬃變得亂糟糟，彷彿他心煩意亂之際兩手胡亂揉頭。我看見他那無動於衷的神態已消失無蹤，如今充滿強自壓抑的興奮。他伸手要接那串計數他愛與死之遊戲的籌碼，手微微顫抖，那張轉向我的臉上是肅穆的狂亂，彷彿混合了可怖的羞恥——是的，羞恥——但也帶有一份可怕的、內疚的喜悅，在他慢慢細看，確定我犯了罪的時候。

那洩漏秘密的血漬已變成一個標記，形狀和顏色都像一枚撲克牌紅心。他從鑰匙環上取下那一支，注視片刻，獨自沈思默想。

「這把鑰匙通往不可想像的國度。」他說。他的聲音低沈，帶有某種教堂大琴的音色，彈奏時彷彿與上帝交流。

我忍不住啜泣出聲。

「哦，我親愛的，帶給我白色音樂禮物的小情人。」他說，幾乎像在哀悼。「我的小情人，妳永遠不會知道我有多恨天光！」

然後他厲聲命令我：「跪下！」

我跪在他面前，他將鑰匙輕輕按在我前額，停留片刻。我感覺皮膚一陣微麻，不由自主瞥向鏡中的自己，看見心形血跡已經轉移到我前額兩眉之間，就像婆羅門[23]女性的階級標記。或者該隱的印記。此刻那鑰匙閃閃發亮，嶄新一如方才打成，他將它裝回鑰匙環，發出一聲沈重嘆息，一如我答應他求婚時那樣。

「我的琶音處女，準備殉教吧。」

「將是什麼形式？」我說。

「斬首。」他低語，聲調幾乎是淫蕩的。「去沐浴淨身，換上妳穿去看《崔斯坦》的那件白洋裝，戴上那條預示妳下場的項鍊。至於我，親愛的，我要去武器室磨快曾祖父的禮劍。」

「那僕人呢?」

「我們的臨終儀式會享有完全隱私,我已經打發他們走了。看看窗外,妳就會看見他們正往內陸去。」

現在已完全是早晨,晨光蒼白,天氣陰灰不定,大海看來彷彿泛油而不懷好意,一個赴死的陰沈日子。我看見每一個女僕、侍役、小廝、家臣、洗衣女工、洗碗的、擦盤子的,全沿著堤道離去,大多步行,有些騎腳踏車。面目模糊的管家提著一個大籃子,我猜想籃裡一定裝滿她盡可能從食物儲藏室搜刮的東西。侯爵顯然讓司機借用車子一天,因為車子最後開了出來,堂皇緩慢地前進,彷彿這一行人是送葬隊伍,車上已經載著我的棺材要送去內陸埋葬。

但我知道不列塔尼的美好土地不會覆蓋我,像最後一位忠實情人。我另有命運。

23.〔印度種姓制度的最高階級。〕

「我讓他們全放假一天，慶祝我們的婚禮。」他說。並微笑。

不管我再怎麼努力盯著那群漸行漸遠的人，都絲毫不見尚伊夫的身影，那個我們前一天早上才雇的最後一名僕人。

「現在，去吧，沐浴淨身，穿戴妥當，完成祓禊和著裝儀式之後，就進行犧牲獻祭。在音樂室等我打電話叫妳。對，親愛的！」看見想起電話線路不通的我開口欲言，他笑了。「在城堡裡要怎麼通話都行，但若要撥出去——絕不可能。」

我用先前刷洗鑰匙的指甲刷拚命刷洗前額，但無論怎麼洗，那紅色印記也如先前一般不肯消退，我知道它會一直跟我到死，不過死也已經不遠了。然後我到穿衣間換上那件白棉洋裝，是他買給我穿去聽〈愛之死〉的服裝，也是信念之舉[24]的犧牲者服裝。十二個年輕女子在鏡中梳理十二頭凌亂棕髮，不久後就會一個也不剩。我四周的大量百合如今散發枯萎氣息，看來就像死亡天使的號角。

梳妝台上盤著一條蓄勢待撲的蛇，是那條紅寶石項鍊。

我幾乎已成行屍走肉，心頭冰冷，沿著螺旋梯下樓到音樂室，但在那裡我發現自己沒有被拋棄。

「我可以給妳一點安慰。」男孩說。「儘管沒有多少用處。」

我們把琴椅推到開著的窗前，讓我在死前能盡量呼吸大海那古老和諧的氣息。海風將會慢慢清滌一切，漂白枯骨，洗淨所有血跡。最後一名女僕早已沿著堤道匆匆離去，此刻與我同樣受宿命束縛的潮水逐漸湧上，微小波浪沖濺在古老的石頭路面。

「妳不該落得如此下場。」他說。

「誰說得準呢？」我說。「我什麼都沒做，但這理由或許就已足夠譴責我。」

「妳違反了他的命令。」他說。「對他而言，這理由就已足夠懲罰妳。」

「我只是照他預料的去做。」

「就像夏娃。」他說。

電話響起，聲音尖銳而不可違抗。就讓它響吧。但我的情人扶我站起，我必

24.〔auto-da-fé，指宗教審判曾大量燒死「異端邪說」者的行動。〕

須接電話。話筒沈重一如大地。

「到庭院裡來。立刻。」

情人親吻我，牽起我的手。若我帶領他，他會與我同去。勇氣。想到勇氣，我想到母親。然後我看見情人臉上一道肌肉微顫。

「馬蹄聲！」他說。

我朝窗外瞥了走投無路的最後一眼，宛如奇蹟般看見有人騎著馬，以令人暈眩的高速沿堤道奔馳而來，儘管如今潮水已沖到馬蹄上覆毛的高度。騎士的黑裙挽在腰間好讓她盡全力極速衝刺，穿著寡婦喪服的、豪氣干雲的瘋狂女騎士。

電話又響了。

「妳要讓我等一整個早上嗎？」

每分每秒，母親都離我愈來愈近。

「她會趕不上的。」尚伊夫說，但聲調掩不住一絲希望，希望儘管事情已成定局，卻又或許不盡如此。

第三通無可通融的電話。

「是不是要我上天堂去接妳下來啊，聖西西里亞？妳這惡女，難道妳要我犯下加倍的罪行，玷污婚床嗎？」

於是我必須前往庭院，丈夫就等在那裡，穿著他在倫敦訂做的西裝褲和「特博與阿瑟」[25]襯衫，旁邊是上馬石，手中是他曾祖父當年舉槍自盡前呈給那名小下士以示對共和國投降的禮劍。那把出鞘的劍沈重，致命，灰如那個十一月早晨，尖銳如分娩生產。

丈夫看見我的同伴，說道：「盲人領盲人，是吧？但就算是像妳這樣昏愚的女孩，接受我那枚戒指時，難道真的對自己的慾望盲目無知？把戒指還給我，妳這娼婦。」

蛋白石上的火光已全熄滅，我求之不得地取下它，就連此時處境已這麼悲慘，少了它都讓我感覺心頭一輕。我丈夫充滿愛意地接過它，套在指尖，因為他指頭太粗無法完全戴上。

25.〔Turnbull and Asser，倫敦知名男服精品店。〕

「它還能再為我服侍一打未婚妻。」他說。「到上馬石旁去，女人。不——把那男孩留下，我稍後再處置他，這把劍是我為了讓妻子光榮獻祭特別用的高貴器具，不值得用在他身上，不過別擔心，你們會結伴走上黃泉路的。」

慢慢地，慢慢地，一隻腳踏在另一隻腳前，我走過石子地面。我將處決時間拖延得愈久，復仇天使就愈有時間降臨……

「不要拖拖拉拉的，女娃！妳以為妳拖這麼久不上菜，我就會失去食慾嗎？才不，我只會變得更餓，每分每秒都更加飢腸轆轆，更加殘忍……跑過來，用跑的！我在展示室裡已為妳精緻的屍體準備好了位置！」

他舉劍將空氣揮砍成明亮的一截截，但我仍遲疑徘徊，儘管我那剛剛才升起的希望已開始洩氣。如果她現在還沒到，表示馬一定是在堤道上失足了，跌進海裡了……我只有一點可以高興的，那就是情人不用眼睜睜看著我死。

丈夫將我前額帶有印記的頭靠在上馬石，然後如他先前曾做過一次的那樣，將我的髮扭成一股繩拉離頸子。

「真美的頸子。」他說，語氣似乎回到以往的真心溫柔。「就像年輕植物的枝條。」

他親吻我的頸背，我感到他鬍鬚的絲般輕刺和嘴唇的潮濕碰觸。這一次我身上也只能留下那條寶石項鍊，我的洋裝被鋒利劍刃從中劃開，掉落在地。長在上馬石縫隙中的一點青苔，將是我臨終看到的最後景物。

沈重的劍咻然揮動。

此時——大門外傳來猛力敲擊，門鈴匡噹，馬嘶狂亂！這地方瀆神的沈默立刻粉碎。劍鋒沒有砍下，項鍊沒有斷，我的頭沒有落地，因為那瞬間野獸揮劍的動作略一遲疑，驚詫猶豫的電光石火剎那已足夠我一躍而起，衝去幫助手忙腳亂的盲眼情人，拉開將我母親阻擋在外的沈重門閂。

侯爵站在原地動也不動，完全茫然失措。對他而言，那感覺一定像是將他深愛的《崔斯坦》看了十二、十三遍，到最後一幕崔斯坦竟動彈起來，跳下棺架，插進一段活潑抖擻的維爾第詠歎調，宣布過去的就讓它過去，為已經難收的覆水哭泣對誰都沒好處，他打算從今以後過著幸福快樂的生活。就像傀儡戲班主目瞪口呆，到最後完全無能為力，眼睜睜看他的木偶掙斷線繩，拋棄他自從開天闢地以來便為它們規定的儀式，逕自過起自己的生活。就像驚異莫名的國王眼睜睜看小卒叛變。

你絕對沒看過比我母親當時模樣更狂野的人，她的帽子已被風捲走吹進海裡，她的髮就像一頭白色獅鬃，裙子挽在腰間，穿著黑色棉線襪的腿直露到大腿，一手抓著韁繩拉住那匹人立起來的馬，另一手握著我父親的左輪，身後是野蠻而冷漠的大海浪濤，就像憤怒的正義女神的目擊證人。我丈夫呆立如石，彷彿她是蛇髮女妖，他的劍還舉在頭上，就像遊樂場那種機械裝置的玻璃箱裡靜止不動的藍鬍子場景。

然後，彷彿有個好奇的孩子投進一枚生丁[26]，讓機械動作起來。留鬍子的沈重人形大聲咆哮，憤怒嘶吼，揮舞那把高貴禮劍彷彿事關生死與榮耀，朝我們三人衝來。

我母親十八歲生日那天，曾打死一頭肆虐河內以北山丘村落的吃人老虎。此刻她毫不遲疑，舉起我父親的手槍，瞄準，將一顆子彈不偏不倚射進我丈夫腦袋。

如今我們三人過著平靜的生活。我當然繼承了巨額財富，但我們將大部分都捐給各式慈善機構。城堡如今是一所盲人學校，但我祈禱住在那裡的孩子不會被悲哀的鬼魂糾纏，鬼魂哭泣尋找永遠不會再回到染血之室的丈夫，而染血之室裡的東西都已埋葬或燒毀，房門封死。

我自認有權留下足夠金額，在巴黎近郊創辦一所小小的音樂學校。我們日子過得不錯，有時甚至稍有寬裕可以聽歌劇，不過當然不是坐在包廂。我們知道自己是許多人竊竊私語、謠言四傳的話題，但我們三個都知道真相，閒言閒語傷不了我們。我只能感激那——該怎麼形容呢？——那母女連心的默契，讓母親那晚跟我通話後一掛電話就直奔車站。她的解釋是，我從沒聽妳哭過，高興時妳從來不哭的。何況，誰會為了黃金水龍頭哭呢？

她搭上我搭過的那班夜車，跟我一樣在臥鋪輾轉難眠。到了偏僻無人的臨時停靠處，她叫不到計程車，便向一名摸不著頭緒的農夫借了那匹老朵賓，因為內

26.〔法國貨幣單位，為百分之一法郎。〕

心某種焦急直覺告訴她，她必須在潮水將我與她永遠分離之前趕到。我那留在家裡的可憐老保母大表不滿——什麼？去打擾侯爵大人的蜜月？——不久後她便過世了。自己拉拔大的小女孩變成侯爵夫人，先前她內心是多麼偷偷高興，現在我又回來了，幾乎跟以前差不多窮，才十七歲就在非常可疑的情況下守了寡，還忙著跟一個調音師建立家庭。可憐的她，走的時候是多麼幻滅失望！但我相信母親跟我一樣，都很愛尚伊夫。

無論多厚的油彩、多白的粉，都無法掩蓋我前額那紅色印記。我慶幸他看不見它——不是怕他對我反感，因為我知道他的心把我看得通透——而是因為，如此可稍減我的羞愧。

師先生的戀曲

廚房窗外那排灌木矮籬閃閃發亮，彷彿雪本身便會發光。天色漸晚漸暗，但仍有一層彷彿不屬於這塵世的蒼白光線反映籠罩這片冬季景致，柔軟的雪片仍在飄落。簡陋廚房裡有個美麗女孩，肌膚同樣帶著那種由內散發的光澤，宛如也是冰雪堆砌而成，此刻她停下手中的家事，望向窗外的鄉間小路。一整天都沒有人車經過，路面潔白無瑕，彷彿一匹裁製新娘禮服的絲綢鋪散在地。

父親說天黑前就會回家。

雪勢太大，所有電話線路都不通，就算有最好的消息他也沒法打電話回來。路況很糟。希望他平安無事。

但那老爺車深深陷進一道車轍，完全動彈不得，引擎呼吼、咳嗆、然後熄火，他還離家好遠。他已經毀過一次，現在又再度毀滅，因為今天早上從律師那裡得知，他試圖重建財富的漫長緩慢努力已經失敗。僅為加足可開回家的油量，就讓他掏空了口袋，剩下的錢甚至不夠給他的美女，他心愛的女兒，買一朵玫瑰。她說過她只要這麼一份小禮物，不管官司結果如何，不管他是否再度變得富有。她要的這麼少，他卻連這都不能給她。他咒罵這沒用的爛車，這最後一根壓斷他士氣的稻草，然後別無他法，只能扣緊羊皮外套的鈕釦，拋下這堆破鐵，沿著堆滿積雪的小徑步行去找人幫忙。

鑄鐵大門後，一條積雪的短車道轉個小彎，通往具體而微的完美帕拉迪歐式建築，房子彷彿躲在一棵古老絲柏的積雪厚裙後。此時已近入夜，那棟恬靜、內斂、憂鬱的優雅房子幾乎看似空屋，但樓上一扇窗內有光線搖曳，模糊得彷彿是星光倒影，如果有星光能穿透這愈下愈大的漫天風雪的話。他全身都快凍僵了，臉湊在門閂處，心頭一陣刺痛地看見，一叢枯萎的尖刺枝枒中仍殘存一朵破布般的凋謝白玫瑰。

他走進園內，大門在他身後匡噹一聲響亮關上，太響亮了。一時間，那迴盪的匡噹聲聽來有種蓋棺論定般強調而不祥的意味，彷彿關上的門將裡面一切都囚禁在冬季園牆內，與外在世界斷絕。此時他聽見遠處，儘管不知是多遠之處，傳來世上最罕異的聲音：一陣巨吼咆哮，彷彿發自猛獸之口。

他走投無路，沒有害怕的本錢，只能大步朝桃花心木的屋門走去。門上裝有獅頭形敲門物，獅鼻穿著環，他舉手正要拿它敲門，發現這獅頭並非原先以為的黃銅，而是黃金。然而他還沒來得及敲門，鉸鍊上足潤滑油的門便靜悄悄朝內開啟，他看見白色門廳裡掛著一盞大吊燈，燈上眾多蠟燭投下溫和光芒，照著散放四處、插了好多好多花的巨大水晶瓶，一陣撲鼻芬芳中，彷彿是春天將他拉進滿室溫暖。然而門廳裡沒有人。

屋門在他身後靜靜關上，一如先前靜靜打開，但這次他不覺得害怕，儘管屋裡籠罩著一股現實為之暫停的氛圍，讓他知道自己走進了一處特別的地方，原先已知世界的法則在此不見得適用，因為很富有的人通常也很古怪，而這房子的主人顯然非常富有。既然不見來人幫他脫外套，他便自己動手脫下，這時水晶吊燈發出微微玎玲聲，彷彿愉快輕笑，掛衣間的門也自動打開。然而掛衣間裡沒有半件衣物，連法定的鄉間庭園用防水風衣都沒有，只有他的鄉紳式羊皮外套孤單單掛在那裡。但他退出衣帽間之後，門廳終於有招呼來客的動靜——竟然是一隻白底豬肝色斑點的查爾斯王小獵犬[1]蹲在薄織長毯上，側著頭一副聰明模樣。使他進一步安心，也進一步證實不見蹤影的屋主確實富有又古怪的是：那狗脖子上戴的不是項圈，而是鑽石項鍊。

狗一躍而起表示歡迎，趕羊一般（多有趣！）將他帶到二樓一間舒適的小書房，鑲牆板上貼皮革，一張矮桌拉在壁爐前，爐裡熊熊燒著柴火。桌上放有銀托盤，盤中的威士忌瓶掛一張銀標籤，寫著：喝我，一旁的銀盤蓋上則刻著草寫的：吃我。掀開蓋，盤中好些三明治，夾的厚厚烤牛肉片還帶著血。他加蘇打水喝下威士忌，用主人細心備在一旁石罐中的上好芥末配三明治吃，那隻母獵犬見他動手吃喝，便小步跑走，忙牠自己的去了。

最後讓美女的父親完全放下心的是，帷簾後的一處凹壁不但有電話，還有一張二十四小時服務的拖救修車廠名片；打了兩通電話後他得以確認，謝天謝地，車子沒有大毛病，只是太舊加上天氣太冷……他一個小時後來村裡取車可以嗎？村子離此只有半哩，而對方一聽他描述自己所在的房屋，向他說明該怎麼走的語氣便多了一層尊敬。

接下來他著慌地得知——但在如今一文不名的境況下卻也因此鬆了口氣——修車費用將算在這位不在場的好客主人帳上。沒問題的，修車師傅要他安心，這是這位大人的慣例。

他再倒一杯威士忌，試著打電話告訴美女自己會晚回家，但線路仍然不通，不過月亮升起後暴風雪奇蹟般停息了，他撥開天鵝絨窗簾，看見一片彷彿象牙鑲銀的景致。然後獵犬再度出現，嘴裡小心叼著他的帽子，搖著漂亮的尾巴，彷彿告訴他該走了，這段好客的魔法已經結束了。

屋門在他身後關上，他看見那獅頭的眼睛是瑪瑙。

如今玫瑰樹已裹著大串大串搖搖欲墜的積雪，他走向大門時擦過其中一株，

1.〔一種長毛垂耳的獵犬，個性熱情忠貞、樂於助人。〕

一大捧冰冷軟雪隨之落地，露出彷彿被雪奇蹟似保存完好的、最後的、完美的單單一朵玫瑰，猶如整個白色冬季中僅存的唯一一朵，細緻濃冽的香氣彷彿在冰凍空氣中發出揚琴般的清響。

這位神秘又仁慈的東道主，一定不可能不願意送美女一份小禮物吧？此時傳來一聲驚天動地的憤怒咆哮，不再遙遠而是近在咫尺，近如那扇桃花心木前門，整座花園似乎都為之屏息擔憂。但是，因為深愛女兒，美女的父親仍偷了那朵玫瑰。

剎那間，整棟屋每扇窗發出激烈熾亮，一陣宛如獅群的吠吼中，東道主現身了。

龐然的體積總是帶有一股尊嚴，一份確信，一種比我們大多數人都更存在的特質。驚慌中，美女的父親覺得眼前的屋主好像比屋子更巨大，沈重卻又敏捷，月光照見一大頭錯綜複雜的髮，照見綠如瑪瑙的眼睛，照見那雙緊抓住他肩膀的金毛巨掌，巨掌的利爪刺穿羊皮外套狠狠搖晃他，一如生氣的小孩亂甩洋娃娃。

這獅般人物直搖晃到美女的父親牙齒格格碰響，然後鬆開爪子任他趴跪在地，小獵犬則從開著的屋門裡跑出來繞著他們轉，不知所措地尖吠，彷彿一位仕女看見賓客在自家晚宴上大打出手。

「這位好先生──」美女的父親結結巴巴開口，但只招來又一陣咆哮。

「好先生？我可不是什麼好好先生！我是野獸，你就只能叫我野獸，而我則叫你小偷！」

「野獸，請原諒我偷你的花！」

獅頭，獅鬃，獅子的巨掌，他像一頭憤怒的獅以後腿人立，但身上卻又穿著暗紅緞子家居外套，擁有那棟可愛的房子和環繞此屋的低矮山巒。

「我是想把花送給女兒。」美女的父親說。「全世界她什麼也不要，只想要一朵完美的白玫瑰。」

野獸粗魯奪過那父親從皮夾取出的照片，起初隨便看看，但接下來眼光便多了一種奇妙的驚奇，幾乎像是某個揣測的開端。相機捉住了她有時那種絕對甜美又絕對重力的神情，彷彿那雙眼能看穿表象，看見你的靈魂。遞還照片時，野獸小心不讓爪子刮傷照片表面。

「把玫瑰拿去給她，但你要帶她來吃晚餐。」他吼道。除了照做，還能怎麼辦？

儘管父親已描述過等著她的對象是何等模樣，看見他時她仍忍不住一陣本能的恐懼寒噤，因為獅子是獅子、人是人，儘管獅子比我們美麗太多，但那是一種不同的美，而且牠們並不尊重我們：我們有什麼值得牠們尊重的？然而野生動物對我們的畏懼比我們對牠們的畏懼合理得多，且他那雙幾乎看似盲目的眼睛裡有某種悲哀，彷彿已不想再看見眼前的一切，觸動了她的心。

他坐在桌首，不動聲色，宛如船艏破浪雕像。餐廳是安女王時代式，垂掛織毯，富麗精緻。除了放在酒精燈上保溫的芳香熱湯之外，其他食物雖然精美，卻都是冷的——冷的禽鳥肉，冷的奶蛋酥，乳酪。他叫她父親從餐車上為父女兩人取用食物，自己則什麼都沒吃。他不甚情願地承認她猜得沒錯，他確實不喜歡請傭人，因為，她忖道，眼前總有人形來往會太過苦澀地讓他記得自己多麼不同。

那隻小獵犬倒是整頓飯都守在他腳邊，不時跳上來看看是否一切順利。

他實在太奇怪，那令人困惑的不同模樣幾乎令她無法忍受，那存在使她難以呼吸。屋裡似乎有一種無聲的沈重壓力施加在她身上，彷彿這房子位於水底。看見那雙搭在椅子扶手上的巨掌，她想道：這雙爪子能殺死任何溫和的草食動物。而她感覺自己正是如此，純淨無瑕的羊小姐，獻祭的牲禮。

然而她留了下來，面帶微笑，因為父親希望她這麼做；而當野獸告訴她，他將協助她父親上訴，她的微笑是真心的。但是，當他們啜飲白蘭地，野獸用他藉以交談的那紛雜隆隆呼嚕聲提出建議，帶著一點怕遭拒絕的害羞，邀她在這裡舒舒服服住下，讓她父親回倫敦再度展開官司戰爭的時候，她只能強逼出微笑。因為，他一說完此話，她便一陣畏懼地知道事情必將如此，而且知道：出於某種相互作用的魔法，她陪伴野獸便是父親重獲好運的代價。

別認為她沒有自己的意志。她只是感到一股強烈超出尋常的義務，何況她深愛父親，為了他走遍天涯海角都願意。

她的臥室有一張精美絕倫的玻璃床，有自己的浴室，掛著厚如羊毛的浴巾、備有一瓶瓶精緻香膏，還有一小間她專屬的起居室，牆上貼著滿布天堂鳥與中國人的古老壁紙，擺放著珍貴的書本與圖畫，以及野獸那些無形園丁在溫室裡種出的花朵。第二天早晨父親吻吻她駕車出發，見他散發出新希望令她高興，但她仍渴望回到自己貧窮寒酸的家。四周陌生的豪華感覺格外刺人，因為這份豪華無法讓主人快樂，而那主人她也整天沒見著，彷彿反而是她奇妙地嚇到了他，不過有小獵犬來坐在身旁陪她，今天牠戴的是一條短緊合頸的土耳其石項鍊。

誰為她準備三餐？野獸的寂寞。她在那裡待了那麼久，從不曾見到另一個活人的蹤跡，但飯菜放在托盤上，由運送食物專用的小升降機送進她起居室一個桃花心木櫥裡。晚餐是班奈狄克蛋[2]和烤小牛肉，她邊吃邊翻看在黃檀旋轉書櫃裡找到的一本書，內容是法國上流社會的優雅童話故事，裡面有變成公主的白貓、變成鳥的仙子。然後她摘著一串又圓又大的麝香葡萄當甜點吃，發現自己在打呵欠，發現自己覺得無聊。這時小獵犬用天鵝絨般的嘴咬住她裙子，堅定但溫和地一拉。她讓狗跑在前面帶路，走到當初父親接受款待的書房，驚慌地（但表面掩飾得很好)看見屋主坐在那裡，旁邊的托盤擺著咖啡，等她去倒。

他的聲音彷彿從充滿回音的山洞傳出，深沈柔軟的隆隆低吼彷彿是一種專為激起怖懼而設計的樂器，就像彈動巨大的琴弦；經過一整天舒適的閒暇，她怎能與擁有如此聲音的對象交談？她入迷地，幾乎是驚畏地，看著火光在他金色獅鬃的邊緣流轉，彷彿他腦後籠罩光圈，使她想起啟示錄中的第一頭巨獸，一掌按著馬可福音的有翼獅子。閒談的話語在她口中化做塵埃，就連平常最自在的時候美女也不善於閒談，因為她鮮少有機會練習。

但他，遲疑地，彷彿他也驚畏於這個宛如一整顆珍珠雕成的少女，開口問起她父親的官司，問起她去世的母親，問他們怎麼會從以往的富有變成如今的貧窮。他逼自己克服那種野生動物的羞怯，於是她也努力克服自己的羞怯——結果沒過多久，她便與他聊開了，彷彿兩人已是一輩子的老友。等到壁爐架上那只鍍金時鐘的小小丘比特敲響手中的迷你鈴鼓，她大吃一驚地發現它竟然敲了十二下。

2.〔eggs Benedict，英式鬆餅加蛋，再加菜或魚肉等。〕

「這麼晚了！妳一定睏了。」他說。

兩人沈默下來，彷彿這對奇怪的搭配忽然尷尬於彼此獨處在這冬夜深處的房裡。她正準備起身，他突然撲到她腳邊，頭埋在她腿上。她呆愣如石，動彈不得，感覺到熱熱的呼吸吹在自己手指上，他口鼻處硬扎扎鬍鬚的摩擦，他粗礪舌頭的舔舐，然後一陣同情地醒悟到：他只是在吻她的手。

他抬起頭，用難測的綠眼凝視她，她看見自己的臉變成一雙小小倒影，彷彿含苞待放。然後他一言不發躍離房間，她震驚不已地看見他是四腳著地跑走的。

翌日一整天，仍積雪的山丘迴盪著野獸隆隆的咆哮：大人去狩獵了嗎？美女問小獵犬，但小獵犬狺狺低吠，幾乎像是很不高興，彷彿在說，就算牠能說話也不想回答這問題。

白天美女都待在房裡看書，或者也做點刺繡：有人為她備好一盒彩色絲線和刺繡用的框子；或者穿裹著溫暖衣服，在院牆內那些落盡葉子的玫瑰樹間散步，稍做耙土整理，小獵犬跟在她腳邊。那是一段閒適時光，一段假期。這明亮悲哀的美麗地方的魔力包圍住她，她出乎意料地發現自己在這裡很快樂，每晚與野獸交談也不再感覺絲毫憂懼。這世界的一切自然法則在此都暫且失靈，這裡有整群看不見的人溫柔服侍她，而她在棕眼小獵犬的耐心監護下與獅子交談，談論月亮借來的光芒，談論星星的質地，談論天氣的變幻莫測。然而他的奇怪模樣仍使她打寒噤，每夜兩人分手之際，他無助地撲倒在她面前吻她的手時，她總是緊張退回自己的內心，畏縮於他的碰觸。

電話尖聲響起，找她的。是她父親。天大的好消息！

野獸把巨大的頭埋在掌中。妳會回來看我嗎？這裡沒有妳會很寂寞。

看見他這麼喜歡她，她感動得幾乎落淚，很想吻吻他蓬亂的鬃毛，可是儘管她一手伸向他，卻仍無法讓自己碰觸他，因為他跟她是這麼迥異不同。但是，會的，她說，我會回來的。不久就會，在冬天結束之前。然後計程車來了，把她帶走。

在倫敦，你永遠不會任天氣肆虐擺佈，人群集聚的暖意讓雪來不及堆積就已融化。她父親也等於再度富有了，因為那位鬃髮蓬亂朋友的律師把事情掌控得很好，使他恢復財務信用，可以為兩人置辦最好的一切。燦爛光華的飯店，歌劇、戲院，一整櫃新衣給心愛的女兒，挽著她出入派對、宴會、餐廳，過著她從不曾經歷的生活，因為在她母親難產過世之前，她父親便已破產。

儘管這新獲得的富裕來自野獸，他們也常談到他，但現在他們已遠離他屋裡那超越時間的魔咒，於是那棟房子便有種夢般光輝，也如夢般已然完結，而那宛如怪物卻又如此善心的野獸就像某種好運精靈，對他們微笑之後放他們走。她派人送白玫瑰給他，回報他曾給她的那些花朵；離開花店時，她忽然感到一股完全的自由，彷彿剛逃離某種未知的危險，與某種可能的變化險險擦身而過，但最後畢竟毫髮無傷。然而隨這股興奮而來的，卻是空洞寂寥的感覺。但父親還在飯店等她，他們打算高高興興去選購毛皮大衣，她對此雀躍不已，一如任何少女。

花店的花一年到頭都相同，於是櫥窗裡沒有任何事物能告訴她，冬天就要結束了。

看完戲後吃了頓延遲的晚餐，她很晚才回來，在鏡前拿下耳環：美女。她對自己滿意微笑。在青春期即將結束的這段日子，她正逐漸學會當一個被寵壞的孩子，珍珠般的肌膚也稍稍變得豐腴，因為生活優裕又備受讚美。某種本質逐漸改變她嘴旁的線條，顯示人格，而她那份甜美與重力有時可能有點惹人厭，當事情不完全如她意的時候。倒不能說她的清新氣質逐漸消失，但如今她有點太常對鏡中的自己微笑，而那張報以微笑的臉也跟當初映在野獸綠瑪瑙雙眼中的不太一樣了。如今她的臉不是美，而是逐漸添上一層清漆般的所向無敵的漂亮，就像某些嬌生慣養的矜貴貓。

春季和風從鄰近公園吹進開著的窗，她不知道為什麼這陣風讓她覺得想哭。

門外突然傳來一陣急促猛抓，好像是爪子發出的聲音。

鏡前的出神狀態立刻破滅，剎那間她清清楚楚記起一切。春天已經來了，她沒有遵守自己的諾言，現在野獸親自來追捕她了！一開始她害怕他的憤怒，但又有種神秘的歡欣，跑去打開房門。但撲進女孩懷中的卻是白毛豬肝色斑點的小獵犬，又是叫又是低吠，又是哀鳴又是鬆了口氣。

然而，當初在起居室滿牆點著頭的天堂鳥圍繞之下，坐在她刺繡框子旁那隻梳理得乾乾淨淨、戴著寶石項鍊的狗呢？眼前這隻狗皺皺的耳朵滿是泥，全身毛都灰撲撲打了結，瘦得就像一隻走了好遠的路的狗，而且，如果牠不是狗，現在一定會哭。

在一開始狂喜的團聚後，牠沒有等美女叫人送來食物和水，只顧咬住她綴綢晚禮服的下襬，哀鳴著拉扯，然後抬起頭嚎叫，又哀鳴著拉扯幾下。

有一列深夜慢車，可以帶她回到三個月前她出發前往倫敦的那個車站。美女匆匆留個條子給父親，披上外套。快，快，快，小獵犬無聲催促，於是美女知道野獸快死了。

黎明前的深濃黑暗中，站長為她叫醒一個睡眼惺忪的司機。麻煩你，能開多快就開多快。

十二月彷彿仍佔據他的花園，土地硬得像鐵，深色絲柏的裙邊在冷風中搖擺，發出哀愁的窸窣，玫瑰樹上也沒有綠芽，彷彿今年將不再開花。沒有一扇窗透出光亮，只有最高層的閣樓窗玻璃透出再微弱不過的一抹亮，是薄弱的光線幽魂，即將滅絕。

先前小獵犬在美女懷裡睡了一下，可憐的狗兒已經累壞了。但此刻牠哀傷激動的情緒讓美女更加匆忙，女孩推開屋門時良心一陣疼痛，看見金色敲門物已經籠上一層厚厚黑紗。

門不像以往那樣無聲開啟，鉸鍊發出淒然呻吟。如今門裡一片漆黑，美女點起她的金打火機，看見吊燈的長燭全化成一攤攤蠟，水晶稜塊也全結滿有如慘澹細織花紋的蛛網。玻璃瓶裡的花全枯死了，彷彿自她離開後便沒人有心去換。屋裡很冷，到處都是塵埃，有種筋疲力竭的絕望氛圍，更糟的是有種實質的幻滅，彷彿先前的華美全靠廉價戲法維持，現在魔術師招引不來人群，便離開這裡去別處碰運氣。

美女找到一根蠟燭，點燃照路，跟著忠心的小獵犬爬上樓梯，經過書房，經過她的套房，穿過整棟廢棄的房子，來到一道滿是老鼠和蜘蛛的狹窄台階，跌跌撞撞，匆忙中扯破了禮服的荷葉邊。

多麼簡樸的一間臥房！斜屋頂的閣樓，如果野獸雇用僕役的話，女僕可能就會住在這裡。壁爐架上一盞夜用小燈，沒有窗簾，沒有地毯，他就躺在鐵架窄床上，消瘦得好可憐，本來龐然的身體在褪色百衲被下幾乎沒有隆起，鬃毛像發灰的鼠窩，雙眼緊閉。他的衣服隨便拋掛在一把木條靠背的椅子，椅上放著用來倒水洗手的瓶子，瓶裡插著她派人送給他的玫瑰，但花全已枯死。

小獵犬跳上床鑽進薄薄被單下，輕聲哀叫。

「哦，野獸，」美女說。「我回來了。」

他眼皮眨動。她為什麼從不曾注意他的眼睛也有眼皮，就像人的眼睛一樣？是因為她只顧著在那雙眼睛裡看自己的倒影嗎？

「我快死了，美女。」他以往的呼嚕聲如今變成瘖啞低語。「妳離開我之後，我就病了。我沒辦法狩獵，我發現自己不忍心殺死那些溫和的動物，我吃不下東西。我病了，現在快死了，但我會死得很高興，因為妳回來向我道別。」

她撲在他身上，鐵床架一陣呻吟。她拚命親吻他可憐的雙掌。

「野獸，別死！如果你願意留我，我就永遠不離開你。」

當她的嘴唇碰觸到那些肉鉤般的利爪，爪子縮回肉囊，她這才看出他向來緊緊攥著拳，直到現在手指才終於能痛苦地、怯生生地逐漸伸直。她的淚像雪片落在他臉上，在雪融般的轉變中，毛皮下透出了骨骼輪廓，黃褐寬大前額上也出現皮肉。然後在她懷裡的不再是獅子，而是男人，這男人有一頭蓬亂如獅鬃的髮，鼻子奇怪地像退休拳擊手那樣有斷過的痕跡，讓他英姿煥發，神似那最為威武的野獸。

「妳知道嗎，」師先生說：「我想今天我或許可以吃下一點早餐，美女，如果妳願意陪我吃的話。」

師先生和太太在花園散步，一陣花瓣雨中，老獵犬在草地上打瞌睡。

老虎新娘

父親玩牌把我輸給了野獸。

北方旅人來到這片長著檸檬樹的宜人土地，常會染上一種特殊的瘋狂。我們來自天寒地凍的國度，家鄉的大自然總是與我們為敵，但這裡，啊！簡直讓人以為自己來到了獅子與羔羊同眠的福地。一切都開著花，沒有刺人冷風擾動淫逸的空氣，太陽為你灑下滿地果實。於是甜美南方的致命感官慵懶感染了飢渴已久的大腦，大腦喘息著：「奢侈！還要更多奢侈！」但接著雪就來了，你逃不掉，雪從俄羅斯跟著我們來了，彷彿一路都追在馬車後，而這座黑暗苦澀的城市終於逮住我們，蜂擁而上圍在窗邊，嘲笑我那以為樂趣永不會結束的父親，看他前額血管突出猛跳，雙手顫抖著發派惡魔的圖畫書。

蠟燭淌下熱燙刺人的蠟滴，落在我光裸的肩上。有些女人迫於環境必須一聲不吭旁觀愚行，她們特有的憤恨犬儒便是此刻我的心情，看著父親灌下愈來愈多此地稱為「格拉帕」[1]的烈酒，孤注一擲地輸光我最後一丁點遺產。離開俄羅斯時，我們擁有黑土地，棲息著熊和野豬的青藍森林，農奴，眾多麥田與農莊，我心愛的馬匹，涼爽夏天的白夜，煙火般的北極光。這麼多財產對他來說顯然是一大重擔，因為他將自己變成乞丐之際大笑著，彷彿十分開懷，充滿熱情要把一切全捐給野獸。

每個初到此城的人都必須跟城主閣下玩一局牌，但此城鮮有人來。在米蘭的確警告有人過我們，或者說，就算他們警告了，我們也沒聽懂——我的義大利文說得結結巴巴，那地區的方言又很難懂。事實上，當時我自己還為這落後流行兩百年的偏遠鄉下地方說話，因為，哦多麼反諷啊，這裡沒有賭場。我不知道，要在這時值十二月的寂寥城市落腳，代價是跟大人博一場。

時間已晚，此地的陰濕寒意悄悄爬進石壁，爬進你骨頭，爬進肺臟的海綿般內裡，隨著一陣寒噤慢慢滲入我們所在的起居廳，極重視隱私的大人便是來這裡進行牌戲。當他的小廝將請柬送來我們住宿的地方，誰能拒絕呢？我的浪蕩子父親當然拒絕不了。牌桌上方的鏡子映照出他的狂亂，我的漠然，逐漸萎去的蠟燭，逐漸喝空的酒瓶，彩色潮水般來來去去的牌，掩住野獸整張臉的靜定面具，只露出那雙不時從手中的牌瞥向我的黃眼睛。

「野獸！」我們的房東太太說，小心摸著那只印有一頭猛虎巨大紋章的信封，臉上表情半是畏懼半是驚異。我沒辦法問她為什麼他們管這地方的主人叫野獸——是不是因為他那徽飾的關係——因為她口音很重，是這一帶那種支氣管炎般多痰黏稠的腔調，我幾乎完全聽不懂，只聽懂她剛見到我時的那句：「好個美女！」

打從會走路起，我就一直是眾人口中的漂亮娃兒，一頭堅果棕亮澤鬈髮，粉嫩雙頰，而且出生在聖誕節——我的英國保母總說我是她的「聖誕玫瑰」。農民們則說：「活脫就是她母親的樣子。」一邊在自己身上比劃十字，表示對死者的

1.〔grappa，義大利渣釀白蘭地。〕

敬意。我母親並沒能綻放多久：一場嫁妝與頭銜的以物易物，將她賣給這個無能的俄羅斯小貴族，他嗜賭、好嫖和一再痛切懺悔的習性不久便害死了她。野獸到這裡時，將他鈕釦孔插的那朵玫瑰遞給了我，一身服裝雖然過時但整潔無瑕，小廝在身後替他撢去黑斗篷上的雪。這朵不合自然、不符時節的白玫瑰此刻正被我緊張的手指一瓣瓣揪下，同時我父親則豪邁地為他一生的敗家事業做總結。

這地區憂鬱內斂，一眼看去沒有陽光也沒有特色，陰沈的河流冒著霧汗，砍除枝葉的柳樹縮身低伏。這也是個殘忍的城市：肅然的中央廣場看起來特別適合公開處決，籠罩著一座好似惡意穀倉的教堂的突出陰影。以前他們都把罪犯關進籠子吊死在城牆上。這些人天性薄情，兩眼的距離很近，嘴唇又薄；這裡的食物也差，油膩不堪的義大利麵，煮熟的牛肉配苦草醬。整個地方一片噤聲靜默宛如葬禮，居民都拱起身子抵禦寒冷，你幾乎根本看不見他們的臉。而且他們會對你撒謊、騙你的錢，客棧老闆也好，馬車夫也好，每個人都一樣。老天，他們把我們宰得可狠了。

靠不住的南方，你以為這裡沒有冬天，但是你忘記自己身上就帶著冬天。

大人的香水味愈來愈使我頭暈眼花，那是泛紫的濃重麝香貓，在這麼小的房間、這麼近的距離聞來實在太過強烈。他一定都用香水洗澡，連襯衫內衣也浸泡香水。他身上到底有什麼味道，竟需要如此濃烈的掩飾？

我從沒見過體型如此龐大卻又看來如此平面的人，儘管野獸有種古意盎然的優雅，那身老式燕尾服可能是多年前買的，在他離群索居之前，而現在他並不覺得自己需要跟上時代。他身形輪廓有種粗糙笨拙的感覺，偏向巨大難看，此外還帶著奇特的自制自抑，彷彿得努力與自己交戰才能保持直立，其實他更寧可四腳著地行走。人類企求模仿神明，但那份渴望在這可憐人身上變得扭曲可悲；儘管他戴著繪有精美人臉的面具，但只有隔著一段距離，你才會以為野獸跟其他人並無不同。哦，是的，那張臉確實很美，但五官太端正對稱，少了些人味：那面具的左半與右半彷彿鏡子對映般一模一樣，太過完美，顯得詭異。他還戴了頂假髮，就像老式畫像裡那種，垂在頸背處紮個蝴蝶結。一條中規中矩的絲巾別著一顆珍珠，遮掩他的喉嚨。手套是金黃小羊皮，但又大又笨拙，套在裡面的似乎並不是手。

他就像硬紙板剪成、縐紋紙當頭髮的嘉年華會人形。然而他的牌技卻精得像魔鬼。

他彎身看手裡的牌，面具下的聲音迴響，彷彿從遙遠之處傳來。他的話語裡有太渾重的咆吼，只有他的小廝聽得懂，能替他翻譯，彷彿主子是笨拙的人偶，小廝是腹語師。

燭芯在融塌的蠟堆裡軟垂，燭火閃滅不定。等到我手上的玫瑰不剩半片花瓣，父親也已一無所有。

「還有那女孩。」

賭博是一種病。父親說他愛我，然而卻將我押在一手牌上。他展開手裡的牌，我在鏡中看見他眼中燃起希望的光亮。他的衣領鬆開了，頭髮揉得亂糟糟，這是墮落到最後階段之人的苦痛掙扎。涼颼颼氣流從古舊石牆鑽出咬刺著我，我在俄羅斯從不曾這麼冷過，即使在最冷的深夜。

一張皇后，一張國王，一張愛司。我在鏡中看到了。哦，我知道他心想絕不可能輸掉我，何況贏了這局除了可以保住我，還能贏回先前輸光的一切，一舉恢復我們散盡的家產。更錦上添花的是，還會贏得野獸位在城外的代代相傳的宮殿，他的巨額歲收，他在河兩岸的土地，他的佃租、財寶、曼德納畫作、朱利歐·羅馬諾畫作、切里尼鹽罐[2]、他的頭銜……這整座城。

千萬別誤會我父親，別以為他並不把我當作價值連城的寶貝。但也只是價值連城而已。

起居廳冷如地獄。在我這個來自酷寒北方的孩子感覺起來，有喪失之虞的不是我的肉體，而是父親的靈魂。

當然，我父親相信奇蹟。哪個賭徒不是這樣？我們大老遠自熊與流星的國度來，不就是為了追尋這樣一樁奇蹟嗎？

於是我們在深淵邊緣搖搖欲墜。

2.〔Andrea Mantegna（1431-1506），義大利畫家。Giulio Romano（1492/99-1546），佛羅倫斯雕刻家、版畫家，亦為義大利文藝復興時期首屈一指的金銀飾品藝匠。Benvenuto Cellini（1500-89），佛羅倫斯雕刻家、版畫家，亦為義大利文藝復興時期首屈一指的金銀飾品藝匠。〕

野獸吠叫一聲，攤開手中的牌，是剩下的三張愛司。

無動於衷的僕人此刻滑步上前，彷彿附有輪子般平順，將蠟燭一一熄滅，看他們的樣子，你會以為不曾發生什麼重要的事。他們有點怨恨地打著呵欠，現在快早上了，我們害他們整夜沒法上床睡覺。野獸的僕人為他披上斗蓬，準備離去，我父親坐在那裡，瞪著桌上那些背叛他的牌。

野獸的小廝簡潔地告訴我，明天早上十點他會來接我和我的行李，前往野獸的宮殿。聽懂嗎？處在極度震驚中的我幾乎沒有聽懂，他耐心重複吩咐一遍。他是個奇怪、敏捷的瘦小男人，走起路一顛一跳，節奏很不平穩，八字腳穿著奇特的楔形鞋。

我父親先前臉色紅赤如火，現在則白得像厚厚堆在窗玻璃上的積雪，眼裡湧滿了淚，很快就要哭了。

「『就像那些愚蠢的印度人，』」他說，他最愛華美的辭藻。「『就像那些愚蠢的印度人/把一顆珍珠隨手扔了，想不到/它的價值勝過了他整個部落……』[3]我失去了我的珍珠，我無價的珍珠。」

這時野獸突然發出一聲可怕的聲音，介於吠吼與咆哮之間，燭火隨之一亮。那敏捷的小廝，那裝模作樣的偽君子，眼睛眨也不眨地翻譯道：「我主人說：如果你不好好珍惜自己的寶物，就該料想它會被別人拿走。」

他代主人向我們鞠躬微笑，而後兩人離去。

我看著落雪，直到天快亮時雪停，繼之以一層堅霜，翌晨的天光冷如鐵。野獸的馬車老式但優雅，全黑一如靈柩車，拉車的是一匹活力充沛的黑色閹馬，馬鼻孔噴出煙霧，踩踏堅實積雪的腳步充滿朝氣，給了我一點希望，覺得不是全世界都像我深鎖於冰雪。我向來都有些同意格列佛的看法，認為馬比我們優秀，而那天早上我會很願意與牠一同奔往馬的國度，如果我有這機會的話。

小廝高高坐在車廂外，一身帥氣的鑲金黑制服，手上竟然還握著一束他主子

3.〔《奧瑟羅》第五幕第二景。本書中莎翁劇作譯文絕大多數引自方平等人所譯之《新莎士比亞全集》（台北：木馬，二〇〇一年。），非引用者將另外說明。〕

那該死的白玫瑰，彷彿送花就能讓女人比較容易接受羞辱。他以敏捷得簡直不自然的動作一躍而下，煞有介事把花束放在我遲疑的手上。涕泗縱橫的父親請我給他一朵玫瑰表示原諒，我折下一枝，刺傷了手指，於是他拿到的玫瑰沾滿了血。

小廝趴在我腳邊將氈毯包好鋪好，態度是一種並不巴結的奇怪逢迎，但他又好像忘了自己的身分，忙著用太粗的食指在撲粉的白色假髮下搔來搔去，同時以一種我的昔日保母會稱為「老式眼神」的表情看我，其中有反諷，有狡黠，有一點點輕蔑。還有憐憫？沒有憐憫。他的棕眼水汪汪，臉上是蒼老嬰孩般的無辜狡猾，還有個煩人的習慣，老是咕咕噥噥自言自語。他唸唸叨叨將主子的戰利品裝上車，我拉上窗簾，不想看見父親送別，心中的怨恨尖利如玻璃碎片。

我被輸給了野獸！而他的「獸性」又究竟是怎麼一回事？我的英國保母曾說，她小時候在倫敦看過一個虎男。這麼說是為了嚇我乖乖聽話，因為那時我是個管不住的野小娃，她不管皺眉生氣或者用一湯匙果醬賄賂都無法馴服我。我的小美女，要是妳再纏著那些清理房間的女僕，虎男就會來把妳帶走。她說，他是從印度群島的蘇門答臘被帶來的，背後全是毛，只有正面像人。

然而野獸永遠戴著面具，他不可能有一張跟我一樣的人臉。

但那個滿身毛的虎男卻也能手裡握杯麥酒喝下，與正經基督徒無異。這可是她親眼看過的哦，在上荒野原[4]台階旁的喬治酒館招牌下，那時她只有我這麼高，也跟我一樣講話漏風、走路搖搖晃晃。然後她會嘆氣懷念倫敦，遠在北海那一頭，遠在多年以前。不過呢，要是這位小小姐不乖，不肯吃光盤裡的水煮甜菜根，虎男便會披上他旅行用的黑色大斗蓬，就像妳爸爸的斗蓬還滾著毛皮邊，向精靈王[5]借來狂風快馬，穿過夜色直奔我們這間育兒室，然後——

沒錯，我的小美人！然後大口吃掉妳！

我會又怕又樂地尖聲嘻笑，半是相信她，半是知道她在逗我。然後有些事情我知道不可以告訴她。在我們現已失去的農場，女傭們吃吃笑著告訴我公牛對母牛做的那些神秘勾當，我聽說了運貨車夫女兒的事。噓，噓，別告訴妳奶媽是我

4.〔Upper Moorfields，倫敦一地區名。〕

5.〔參見〈精靈王〉註1.。〕

們說的；車夫那女兒兔唇又斜眼，醜得要命，誰會要她？然而丟人的是，她的肚子在眾馬夫的殘忍嘲笑中日漸隆起，生下了熊的兒子，她們竊竊私語告訴我。一生下來就滿身毛滿口牙哦，這就是證據。但他長大後牧羊是一把好手，只是始終沒結婚，住在村外一間小屋，能隨心所欲改變風向，還看得出哪些雞蛋會孵出公雞、哪些會孵出母雞。

農民們曾大惑不解地拿來一個頭骨給我父親看，兩側各有一根四吋長的角，是他們的破犁從田裡翻出來的，而後他們非要有神父跟著才肯回去——因為這頭骨可不是長著人的下巴嗎？

無稽之談，騙小孩的恐怖故事！在我童年結束的這一天，我知道自己為什麼懷想童年那些迷信奇談，就像給心中的戰慄呵癢。如今這身肌膚是我在世上唯一的資產，今天我將做出第一筆投資。

我們已將城市遠遠拋在身後，正穿過一大片平坦雪地，結凍溝渠的彼側有殘缺不全的柳樹殘株，搖動著一頭纖毛。霧氣模糊了地平線，將天空直拉下來，壓迫在我們頭頂上方看似僅幾吋之處。極目望去，沒有一點生機。偽伊甸園的這個死氣沈沈季節是多麼飢貧，多麼匱缺，將所有果實都霜害凍死！我這束嬌弱的玫瑰已經凋謝，我打開馬車門，將無用的花束丟到路上，路面滿是結霜凍硬的綿亂泥濘。一陣刺骨寒風突然吹起，乾米粒般的雪粉撲打在我臉上。霧氣略散，足以讓我看見半荒廢的建築正面，完全以紅磚建成，面積足有數畝，一個巨大的困人陷阱，便是他宮殿那自大狂式的城堡。

宮殿本身自成一個世界，但卻是個死的世界，是焚燬殆盡的星球。我看出野獸以錢財買下的不是奢華，而是孤寂。

拉車的小黑馬輕快小跑，進入雕刻黃銅大門，門敞開任風雪肆虐，就像一座穀倉。小廝在大廳滿是刮痕的磁磚地上伸手扶我下車，廳裡充斥馬廄那種混合甜稻草與刺鼻馬糞的溫暖氣味，高聳屋頂下的樑柱有前一個夏天燕子築巢的痕跡。四周傳來紛紛嘶鳴、輕輕踏蹄，十幾匹纖細優美的馬從食槽裡抬起口鼻，豎著耳朵轉頭看我們。野獸把餐廳撥給馬匹使用，廳牆上原先的壁畫也正好畫著馬、狗和人，在一處枝上同時開花結果的樹林裡。

小廝有禮地拉拉我衣袖。大人正在等。

敞開的門和破掉的窗戶四處灌風。我們爬了一道又一道台階，腳步喀喀踩在大理石地。穿過一道道拱門與開著的門，我看見一套套拱頂房間重重相連，就像一組盒中盒，形成此處複雜之至的內裡。他和我和風是唯一的動靜，所有家具都蓋著防塵布，吊燈以布包起，畫從掛勾取下正面朝牆靠放，彷彿主人受不了看見它們。這宮殿遭到拆解，彷彿屋主正要搬走或從不曾真正住進來。野獸選擇了一個不適人居的住所。

小廝以那雙很會說話的棕眼朝我一瞥要我安心，然而那一瞥含有太多怪異的傲慢蔑視，無法安慰我；他繼續挪動那雙羅圈腿走在我前面，輕聲自言自語。我把頭抬得高高，跟在他身後，儘管力持驕傲自尊，心情仍非常沈重。

主人的居室高高在宅屋之上，是一間窒悶昏暗的小房，連正午都緊鎖窗扇。走到那裡我已經氣喘吁吁，他沈默迎接我，我也沈默以對。我不肯微笑。他不能微笑。

在這鮮少被人打擾的隱私空間，野獸穿著一套奧圖曼式服裝，領口有金色刺繡花紋的鈍紫色寬鬆長袍，將他從肩到腳完全遮住。他坐的那張椅子腳刻成漂亮的爪形。他雙手藏在寬大袖子裡，那張臉的人工完美令我厭惡。小小爐柵裡生著小小的火。一陣烈風刮得窗扇格格作響。

小廝咳嗽一聲。敏感的任務落在他身上，他必須向我傳達主人的願望。

「我主人——」

爐柵裡一根木柴掉落，在那要命的沈默中發出驚天動地聲響，小廝嚇了一跳，忘記說到哪裡，又重新開口。

「我主人只有一個願望。」

前一天晚上浸透大人全身的那股濃重豐厚野性氣味繚繞四周，從一個珍貴的中國香爐徐徐升起裊裊青煙。

「他只希望——」

此刻，面對我的一臉漠然，小廝變得語無倫次，不復原先的反諷鎮定，因為，不管主人的願望多麼微不足道，從僕人口中說出都可能顯得傲慢不堪，而扮演中間人這個角色顯然讓他非常尷尬。他吞嚥一口，又嚥了一口，終於冒出一串沒有標點的滔滔不絕。

「我主人只有一個願望就是看見這位美麗小姐脫去衣裳赤身裸體只要一次之後小姐便會毫髮無傷送回父親身旁並且以轉帳方式歸還他玩牌輸給我主人的金額加上若干精美禮物包括毛皮大衣、珠寶首飾和馬匹——」

我站著不動。這段會面期間，我眼睛始終直視面具裡那雙眼，那雙眼此刻迴避我的視線，彷彿他還有些良心，知道自己要僕人代為傳達的要求多麼可恥。慌亂，非常慌亂，小廝扭絞著戴白手套的雙手。

「一絲不掛——」

我簡直不敢相信自己的耳朵。我發出轟然狂笑，年輕小姐不可以這樣笑！保母以前常告誡我。但我就是這樣大笑，至今依然。在我毫無笑意的響亮笑聲中，小廝不安地直朝後退，揪著手指彷彿想把它們掰下，勸誡著，無言懇求著。為了他，我感覺必須盡自己所能，以最純正道地的托斯卡尼話做出回答。

「先生，你可以把我關進沒有窗子的房間，我發誓我會把裙子拉到腰上等你。但我的臉必須用床單蓋住，不過要輕輕蓋著，以免讓我窒息。所以我要腰部以上整個蓋住，房裡也不可以有燈光。你可以這樣來找我一次，先生，僅僅一次。之後你必須立刻送我回城，在教堂前的廣場放我下車。如果你願意給我錢，我很樂意接受，但我必須強調，你給我的金額不得超過你會在這類情況下給任何其他女人的錢。然而，如果你選擇不送我禮物，那也是你的權利。」

看見自己擊中野獸的心，我是多麼高興！因為，隔了十三下心跳的時間，那面具眼角滲出一滴閃亮的淚。一滴眼淚！我希望那是羞慚的眼淚。淚滴在繪製的眼眶顫抖片刻，然後滑下繪製的臉頰，落在地磚上，發出突兀的一聲玎玲。

小廝自顧自嘖舌嘀咕，匆匆把我帶出房間，一團他主人香氣的紫色煙霧湧進寒冷走廊，消散在盤旋風中。

他們為我準備了一間牢房，真正的牢房，沒窗、沒空氣、沒光線，在城堡的內臟深處。小廝為我點起一盞燈，幽暗中浮現一張窄床和一張刻有花果的深色櫥櫃。

「我要用床單扭成繩子上吊。」我說。

「哦，不。」小廝瞪大眼睛看我，眼神突然變得憂鬱。「哦，不，妳不會的。妳是一位信守諾言的貞潔女士。」

那他在我房裡做什麼，這嘰哩呱啦的可笑男人？難道他是負責看守我的獄卒，直到我向野獸屈服，或者野獸向我屈服？我已經淪落到連個使女都不能有的地步了嗎？彷彿回答我未說出口的質問，小廝拍了拍手。

「為了讓妳不那麼孤單寂寞，小姐……」

櫥櫃門內傳來一陣叮咚喀噠，門開處，滑出一個輕歌劇的風流侍女，一頭堅果棕亮澤鬈髮，粉嫩雙頰，滴溜溜轉的藍眼。我過了一會兒才認出她的長相。她頭戴小帽，身穿荷葉邊襯裙與白長襪，一手鏡子一手粉撲，心臟部位是個音樂盒，腳下有小輪子，在叮噹琤琮聲中朝我滑來。

「住在這裡的都不是人類。」小廝說。

我的使女停下來，鞠躬，緊身胸衣側邊一處綻線露出上發條的鑰匙。她是台精妙的機器，世上最精緻平衡的弦索與滑車系統。

「我們把僕人都打發走了，」小廝說。「代之以幻象，為了實用也好、為了取樂也罷，都不比一般紳士更覺得不方便。」

這個長得跟我一模一樣的發條裝置停在我面前，肚子裡傳出一首十八世紀小步舞曲，對我露出大膽的肉色微笑。喀噠，喀噠——她伸起一隻手忙著用粉紅色白堊粉末撲拍我的臉，嗆得我一陣咳嗽，然後把小鏡子塞到我面前。

我在鏡中看見的不是自己而是父親的臉，彷彿我來野獸宮殿為他還債時便戴上了他的臉。怎麼，你這個自己騙自己的傻子，還在哭？而且還喝醉了。他仰頭將格拉帕一飲而盡，一揮手甩出酒杯。

小廝看見我驚愕恐懼的神情，連忙取過鏡子，呵口氣用戴著手套的拳頭擦了擦，再還給我。現在我看到的只是自己，經過無眠的一夜臉色憔悴，的確蒼白得需要使女撲胭紅。

我聽見沈重房門外鑰匙轉動，然後小廝的腳步聲霹哩啪啦沿著岩石走廊遠去。我的分身繼續朝空中撲粉，發出叮叮噹噹的旋律，但她畢竟不是不會累的。不久她的撲粉動作便愈來愈遲緩，金屬心臟變慢模仿疲倦，音樂盒的每一聲隔得愈來愈久不成曲調，像單獨一滴兩滴雨點，最後彷彿睡意襲來，她終於不再移動。她睡著了，我也別無選擇只能入睡，躺倒在床宛如樹木遭砍伐倒下。

時間過去，但我不知過了多久。然後小廝端來麵包捲和蜂蜜，叫醒我。我揮手要他拿走托盤，但他穩穩將盤放在燈旁，拿起一只鞣皮小盒，朝我遞來。

我轉開頭。

「哦，我的小姐！」他是如此受傷，高尖的聲調都啞了！他靈活地解開金扣，猩紅天鵝絨底墊上放著單獨一枚鑽石耳環，完美如淚滴。

我啪地合上盒子丟到角落。這突如其來的動作一定是擾動了那人偶的機械裝置，她猛一抬手臂彷彿在責備我，發出一串放屁般的嘉禾舞曲，然後恢復靜止。

「好吧。」小廝失望地說，然後表示我該再度與主人會面了。他沒讓我梳洗。宮殿內幾乎不見自然天光，我分不出此時是白天或黑夜。

從我上次見他之後，野獸簡直像不曾移動分毫，仍坐在那把巨椅上，雙手藏在袖裡，沈重的空氣動也不動。我可能睡了一小時、一夜或一個月，但他那雕刻般的平靜和房中窒悶的空氣仍將永遠如常。香爐冒出煙霧，仍在空中劃寫著同樣的簽名。爐裡燒著同樣的火。

在你面前脫光衣服，像個跳芭蕾舞的女孩？這就是你對我的全部要求？

「一位小姐從未被男人看過的肌膚——」小廝結結巴巴說道。

我恨不得自己跟父親農莊上每一個小伙子都在稻草堆裡打過滾，就能喪失資格，不必接受這種羞辱的交易。他要的這麼少，正是我不能給的原因。我不需要開口說，因為野獸明白我的意思。

他另一側眼角冒出一滴淚。然後他動了，把嘉年華會的紙板假人頭和繫著緞帶的沈重假髮埋進，我想是，他的手臂；他把他的，我猜是，雙手從袖子裡抽出，我看見他長著毛的肉掌，尖利的爪子。

淚滴落在他毛皮上，閃閃發亮。回到房間，我聽見那爪掌在我門外來回踱步，一連好幾個小時。

小廝再度端著銀盤回來時，我有了全世界最清透水滴般的一副鑽石耳環。我將這一枚也扔到原先那枚棄置的角落。小廝難過又遺憾地喋喋自語，但沒有表示要再帶我去見野獸，而是露出討好的微笑，透露道：「我主人，他說：邀請小姐去騎馬。」

「幹什麼？」

他敏捷地模仿騎馬奔馳的動作，並且，令我大為訝異地發出沒有高低起伏的聒噪聲：「喀噠噠！喀噠噠！我們要去打獵囉！」

「我會逃走，我會騎馬逃回城裡。」

「哦，不。」他說。「難道妳不是一位信守諾言的貞潔女士嗎？」

他拍了拍手，我的使女滴答答、叮噹噹地假活過來，朝她原先出來的櫥櫃滑去，將人工合成手臂伸進櫥中，取出我的騎裝。竟然是這套衣服，一點沒錯，正是我留在我們鄉間大宅頂樓一口箱子裡的那套騎裝。那棟位於聖彼得堡城外的大宅我們早就失去了，甚至早在我們出發前來殘忍的南方，進行這趟瘋狂的朝聖之旅之前。若這不是昔日保母為我縫的那套騎裝，那它就是完美之至的複製品，連缺了一顆鈕釦的右袖口、一道用別針別起的裂縫都一模一樣。風在宮殿裡奔跑，震得門格格顫動，是北風將我的衣服吹過整個歐洲帶來這裡嗎？家鄉那個熊的兒子可以隨意操縱風的方向，這座宮殿跟那片樅樹林有什麼共通平等的魔法？或者，我是否該接受這證明了父親一直灌輸給我的那句格言，只要有錢什麼都可能辦到？

「喀噠噠。」小廝建議道。此刻他眨著眼，顯然很高興看到我驚異愉快交加的表情。發條使女伸手遞來我的外套，我讓她幫我穿上，彷彿有些猶豫，但其實我想離開這座死氣沈沈的宮殿走出戶外想得快瘋了，儘管有那樣的同伴同行。

大廳的門敞向明亮白晝，我看出時間是早上。我們的馬匹已經上了鞍轡，成為受束縛的野獸，正在等我們，不耐煩的蹄子在地磚上踏出火花，其他馬則輕鬆漫步在稻草間，以無言的馬語彼此交談。一兩隻蓬著羽毛抵禦寒冬的鴿子也走來走去，啄食一束束玉米穗。將我帶來此處的那匹黑色小閹馬發出響亮嘶鳴迎接我，屋頂下霧濛濛的大廳就像回音箱隨著馬嘶振動，我知道這匹馬是要給我騎的。

我向來非常愛馬，牠們是最高貴的動物，明智的眼中充滿受傷敏感的神色，高度緊繃的臀腿充滿受理智克制的精力。我對這匹黑亮的伙伴發出喚馬的聲響，牠回應我的招呼，用柔軟的唇在我前額一吻。一旁有隻毛髮蓬亂的小型馬，鼻子蹭著壁畫馬匹蹄下的錯視畫法枝葉，小廝飛身一躍坐上牠背的鞍，動作靈活花俏有如馬戲表演。然後裹著毛皮滾邊黑斗蓬的野獸來了，騎上一匹神色凝重的灰色牝馬。他不是天生的騎馬好手，緊攀著牝馬的鬃毛像遭遇船難的水手抱住帆柱。

那個早晨很冷，然而充滿足以刺傷視網膜的耀眼冬季陽光。周遭一陣盤旋的風似乎要與我們同行，彷彿那戴面具、不說話的龐大身形斗蓬裡藏著風，可以隨心所欲將它放出，因為風吹動我們馬匹的鬃毛，卻沒有吹散低地的霧氣。

景色一片淒清，四周滿是冬季悲哀的棕與深褐，沼澤厭倦地向寬大的河伸展而去。那些斬了首的柳樹。偶爾一隻鳥咻然飛過，發出哀戚難當的鳴聲。

我逐漸被一股深沈的奇異感籠罩。我知道這兩名同伴——類人猿般的家臣和由他代為發言的主人——跟其他人沒有半點相似，那個前腳長著利爪的人與女巫有密約，要遠在北方芬蘭邊界的她們放出困在打結手帕裡的風。我知道他們生活的邏輯與我截然不同，直到父親以人類特有的草率莽撞將我拋棄給這些野獸。想到這，我更覺幾分畏懼，但，我想，也不算太強烈畏懼……我是個年輕女孩，是處女，因此男人否認我有理性，就像他們也否認那些不與他們完全相同的生物有理性，這是多麼沒理性的態度。若四周這整片蠻荒孤寂中看不見任何其他人，那麼我們六個——包括騎士與坐騎——全加起來也沒有半個靈魂，因為世上所有高等宗教一律明確宣言：野獸和女人都沒有那種虛無飄渺的東西，上帝打開了伊甸園的大門，讓夏娃和她的魔寵全數跌出。於是，請了解，儘管我不至於說，騎向蘆葦河岸的一路上我私下進行著形上學的思考，但我確實在思索我個人處境的本質，思索我是怎麼被買賣、轉手。那個為我臉頰撲粉的發條女孩，被製造人偶的工匠設定為模仿真人；而在男人之間，我不也一樣被設定為只能模仿真實人生？

這長著利爪的魔法師騎在蒼白馬上的姿態，讓我想起忽必烈汗麾下的豹般勇士騎馬打獵，然而他究竟是什麼，我一點概念都沒有。

我們來到河邊，河面寬得看不見對岸，河水充滿冬的靜止，幾乎看不出在流動。馬匹低頭喝水，小廝清清喉嚨，準備講話。這地方完全隱私，前有一片在冬季變得光禿的燈心草，還有樹籬般的蘆葦遮掩。

「如果妳不願讓他看見妳脫光衣服——」

我不由自主搖頭——

「——那麼，妳就必須準備看見我主人赤裸的模樣。」

河水拍打卵石，發出細微嘆息。我的鎮定立刻蕩然無存，幾乎瀕臨恐慌邊緣。不管他究竟是什麼，我都不認為自己能受得了看見他真實的樣子。那匹牝馬抬起頭，口鼻還滴著水，用熱切的眼神看我，彷彿促勸著什麼。河水再度拍打我腳邊。我離家好遠。

「妳，」小廝說：「必須看他。」

我看出他很害怕我會拒絕，於是點點頭。

突然一陣狂風，吹得蘆葦彎下腰，也吹來一陣他那濃重的偽裝氣味。小廝舉起主人的斗蓬為他遮擋，不讓我看見他拿下面具。馬匹動了動身體。

老虎永遠不會與羔羊一同躺下，他不承認任何不是雙向的合約。羔羊必須學會與老虎一同奔馳。

一頭龐然大貓，黃褐皮毛上有焦木色的野蠻條紋幾何。他沈重渾圓的頭是那麼可怕，所以他必須將之隱藏。那肌肉多麼有力，那步伐多麼深厚，那雙眼睛充滿橫掃一切的熱烈，像一對太陽。

我感覺自己胸口撕裂，彷彿出現一道奇異的傷口。

小廝走上前來，似乎要遮掩主人，既然女孩已經看見了他。但我說：

「不。」那虎坐著動也不動如同紋章圖案，他與自己的凶猛立下了不傷害我的合約。他比我想像中更大許多，以前我在聖彼得堡沙皇的動物園裡曾看過一次老虎，那些動物可憐憔悴，金色果實般的雙眼光芒微弱，在遙遠北地的牢籠中枯萎。他全身上下沒有一處像人。

於是，此刻我打著寒噤解開外套，向他表示我不會傷害他。然而我的動作笨拙，臉有些紅，因為沒有任何男人曾見過我赤身裸體，而我是個驕傲的女孩。是驕傲，而非羞恥，讓我手指的動作那麼不靈活，此外我也有些憂懼，怕他面前這個纖弱的小小人類樣品本身或許不夠堂皇，不足以滿足他對我們的期望，因為，誰知道，在他如此長久無盡的等待中，期望可能會變得太高。風吹得燈心草叢沙沙作響，河面掀起陣陣波紋漩渦。

在他嚴肅的沈默中，我向他展露我的白肌膚、紅乳頭，馬匹也轉過頭來看我，彷彿牠們對女人的自然肉體也抱持有禮的好奇。然後野獸低下龐大的頭，夠了！小廝比個手勢表示。風已停息，一切恢復靜定。

然後他們一同離開，小廝騎著小型馬，老虎跑在前面像獵犬。我在河岸稍走一會兒，有生以來第一次感覺自由。然後冬季陽光開始晦濁，漸暗的天空吹來幾陣雪花，我回到馬匹旁時，發現野獸已騎上他那匹灰色牝馬，再度穿戴斗蓬與面具，看來完全人模人樣，小廝則一手提著獵捕到的肥大水鳥，馬鞍後還橫搭一頭年輕雄獐子的屍體。

小廝沒有把我送回牢房，而是帶到一處雖老式但優雅的起居室，房裡擺放著褪色的粉紅織錦沙發、足以媲美神燈精靈寶藏的眾多東方地毯、玎玲作響的數盞玻璃大吊燈。分枝燭台的燭火將那副鑽石耳環中心照出彩虹般七彩光芒，耳環就放在我的新梳妝台上，而我那周到備至的使女已經捧著粉撲和鏡子站在一旁。我打算戴上耳環，於是拿起她手中的鏡，但鏡子又處在魔法發作的階段，我看見的不是自己的臉而是父親。一開始我以為他在對我笑，然後才看出他那完全是欲望得到滿足的笑容。

我看見父親坐在我們住處的起居廳，就在那張他把我輸掉的桌旁，但現在正忙著數算一大疊鈔票。他的處境已經改善，鬍子刮得乾乾淨淨，頭髮理得整整齊齊，身穿入時新衣，手邊方便拿取的地方放著一只盛有氣泡酒的冰透酒杯，旁邊擺著冰桶。野獸顯然一看見我的胸脯便立刻付現，儘管我可能為那一眼而死。然後我看見父親的行李都打包妥當，準備離去。他真的忍心這麼輕易就把我丟在這裡？

桌上除了錢還有一張紙條，漂亮的字跡我看得相當清楚：「小姐不久便來。」他是不是用這一大筆不義之財迅速勾搭上哪個妓女？完全不是。因為，就在此時，小廝敲敲我房門，宣布從現在開始我什麼時候要離開宮殿都可以。他手上還搭著一件黑貂大衣，是野獸給我的小小獎賞，早晨的禮物，他正準備用它把我包裝起來送走。

再看向鏡子時，父親已經消失，只見一個眼神空洞的蒼白女孩，我幾乎認不出她是誰。小廝有禮詢問該何時為我備車，彷彿絲毫不懷疑我一有機會便會捲細軟而逃，而使女的臉已不再與我一模一樣，仍高高興興繼續微笑。我會給她穿上我的衣服，上緊發條，送她回去扮演我父親的女兒。

「讓我一個人留下。」我對小廝說。

這回他沒有鎖門。我戴上那副耳環，耳環非常重。然後我脫下騎裝，任它堆疊在地，但脫到襯裙時，我的手落回身側。我不習慣赤裸，對自己的肌膚這麼不熟悉，使得脫光衣服宛如剝皮。相較於我原先準備給的東西，野獸要的只是一件小事，但人類赤身裸體是不自然的，從我們以無花果葉遮掩私處開始便是如此。他的要求因此令人厭惡。我感覺痛徹心扉，彷彿剝去自己的內層毛皮，而微笑的女孩保持姿勢站在那裡一無知覺，暫停模仿生物，看我脫得只剩下供買賣的冰冷白肉；若說她的眼睛對我視而不見，這裡就更像市場了，眾多眼睛看著妳，卻絲毫不思及妳的存在。

自從離開北方，我整個人生似乎都在如她這般無動於衷的凝視下度過。

最後只剩下我畏縮的裸體，除了他那對完美無瑕的淚滴之外一絲不掛。

我縮身裹上稍後必須還給他的毛皮，抵禦穿梭走廊的刺骨寒風。不用小廝帶路，我知道怎麼去他的書房。

我試探地敲門，沒有回應。

然後風把小廝團團轉地沿廊吹來。他一定是決定了：既然有一人赤身裸體，那麼大家都要赤身裸體。除去制服的他正如我先前懷疑的那樣，是隻纖巧動物，一身蛾灰色絲般柔毛，棕色手指豐肥如皮革，巧克力色的口鼻，溫和無比。看見我穿戴著精緻毛皮和首飾，他嘻嘻嗤笑，彷彿我盛裝得像要去聽歌劇，然後他以非常溫柔的莊重態度脫下我肩上的黑貂皮，貂皮化為一群吱吱叫的黑鼠，立刻踩著硬梆梆小腳衝下樓梯，消失不見。

小廝鞠躬引我進入野獸的房間。紫色睡袍、面具和假髮放在椅上，左右扶手各套一隻手套。這副外貌就像空屋等著他，但他拋棄了它。屋裡有毛皮和尿液的臭味，香爐四分五裂躺在地板上，爐火熄滅，燒了一半的木柴被撥得四散。一根由自身蠟油固定在壁爐架上的蠟燭，在老虎眼中燃起一雙細狹火焰。

他來來回回、來來回回不停踱步，沈重的尾巴尖端微抖，沿著這囚室的四壁走來走去，四周滿是啃嚼過的血跡斑斑骨頭。

他會大口吃掉妳。

嚇小孩的恐怖故事變得有血有肉，那是最早最古老的恐懼，恐懼遭到吞噬。野獸，他那肉食獸的骨堆之床，白皙、顫抖、赤裸的我，彷彿將自己當作一把鑰匙獻上，開啟一處和平國度，在那裡他的食慾並不意味我的絕滅。

他靜立如石。他怕我比我怕他更甚許多。

我蹲在潮濕稻草上，伸出一隻手。現在我已在他金色雙眼的力場中。他自喉嚨深處發出狺吼，彎下前腳伏低頭，猙獰咆哮，張開血盆大口，對我露出他的黃牙。我動也不動。他嗅著空氣，彷彿想聞出我的恐懼，但聞不到。

慢慢的，慢慢的，他光滑發亮的沈重龐然軀體朝我走來。

一陣震耳欲聾的轟隆充滿小房間，彷彿來自驅動整個地球的引擎，是他發出的低沈呼嚕聲。

這低沈呼嚕的甜美雷聲撼動古老屋牆，震得窗扇拍撞不停直到崩裂，讓一輪雪月照進白光。屋頂磚瓦砰然落下，我聽見它們落進遠在下方的庭院。他的低沈呼嚕動搖了整棟屋的地基，牆壁開始舞動。我心想：「一切都將倒塌，都將瓦解。」

他離我愈來愈近，最後我感覺到那粗礪天鵝絨般的頭蹭抵著我的手，然後是砂紙般刮人的舌頭。「他會舔掉我身上的皮膚！」

果然，他每舔一下便扯去一片皮膚，舔了又舔，人世生活的所有皮膚隨之而去，剩下一層新生柔潤的光亮獸毛。耳環變回水珠，流下我肩膀，我抖抖這身美麗毛皮，將水滴甩落。

穿靴貓

費加洛在這兒，費加洛在那兒，可不是嘛！費加洛在樓上，費加洛在樓下，還有——哦呵，乖乖，這個小費加洛完全可以愛什麼時候就什麼時候大搖大擺走進仕女香閨，因為呢，你要知道，他是隻見過世面的貓，悠遊於都會，世故又圓滑，看得出女士什麼時候最需要毛絨絨朋友的陪伴。這世上有哪位小姐拒絕得了一隻熱情卻永遠懂得分寸的橘色漂亮貓呢？(除非她一碰上丁點貓毛就眼淚鼻水流不停，這情況發生過一次，待會兒我就告訴各位。)

我是隻公貓，各位，一隻非常自豪的橘黃色公貓。自豪於胸前稱頭的白色衣襟，跟橘橙相間的條紋花色搭配得完美耀眼(啊！我這身火光般的服裝)；自豪於能催眠小鳥的眼神和英姿挺拔的鬍鬚；更自豪於——有些人會說自豪得過了頭——

有一副音樂般動聽的好嗓子。一聽見我對著照在貝嘉莫[1]城上的月亮即興引吭高歌，廣場每戶人家的窗子都會忙不迭打開。廣場上那些蹩腳樂手，那些衣衫襤褸、在鄉下地方亂繞的烏合之眾，搭起臨時舞台，扯開破鑼嗓，倒也能賺一堆零錢；但對我，本城公民更是出手大方，毫不吝惜投以一桶桶最新鮮的清水、幾乎沒怎麼腐爛的水果，偶爾還有拖鞋、皮鞋和靴子。

看到沒，我這雙閃閃發亮的神氣高跟皮靴？是一位年輕騎兵軍官的餽贈，先來一隻，然後我放聲唱起又一首助奏感謝他的慷慨，滿心愉悅一如美滿明月——哎喲！我往旁輕巧一閃——另一隻也扔下來了。以後本貓在磚瓦上悠閒散步時，這雙靴子的高跟會踩出響板般的聲音，而我的歌聲正好偏向佛朗明哥風；其實所有的貓唱歌都帶點西班牙味，不過本貓雄赳赳氣昂昂的、土生土長的貝嘉莫腔還添加了滑順優雅的法文，因為要打呼嚕只可能用這種語言。

「多——謝！」

我立刻把靴子套上穿著帥氣白長襪的後腿，那個小伙子好奇看著我在月光下穿上他的鞋，朝我叫喚：「喂，貓！我說貓啊！」

「樂意為您效勞，先生！」

「到我這陽台上來，小貓！」

身穿睡衣的他探出半個身子，鼓勵我俐落跳上那棟樓的正面，前腳攀著鬈髮小天使的腦袋瓜，後腳踩著灰泥花環往上一蹬，嘿唷！來到水仙子石雕的奶子上，然後左腳下來一點，半人半羊牧神的屁股剛好供我使力。小事一樁啦，只要懂得訣竅，洛可可風的建築一點問題也沒。空中飛人特技？本貓可是天生好手，後空翻的同時右爪還可以高捧一杯葡萄酒，而且一滴也不會灑出來。

不過，說來慚愧，那著名的死裡逃生絕技：凌空空翻連三圈，也就是說半空中翻跟斗，也就是說沒施力點也沒安全網，這個本貓始終還沒嘗試過，但空翻兩圈我倒是常瀟灑演出，贏得眾人喝采。

「我看你是隻很有見識的貓。」我抵達小伙子的窗台之後，他說。我對他擺出俊俏有禮的姿勢，撅著屁股，尾巴直豎，頭低低，方便他在我下巴友善摩挲，

1.〔Bergamo，義大利北部一城。〕

同時帶著我那天生慣常的微笑，彷彿不由自主送上的免費禮物。

全天下的貓都具備這項特點，沒有一隻例外，從潛行小巷的狠角色到優雅靠在教宗枕頭上的、最潔白最高傲的貓小姐皆然——我們的笑容就像畫在臉上，永遠得帶著那微微、淡淡、靜靜的蒙娜麗莎微笑，不管情況是否令人愉快。因此貓都有點政客味道，我們微笑再微笑，人們看了就覺得我們是壞蛋。但我注意到，這個小伙子也是生就一副笑臉。

「來份三明治吧，」他邀我。「或許再配點白蘭地。」

他的住處不怎麼樣，但他本人則相當英俊，儘管此刻衣衫不整，穿睡衣還戴睡帽，仍有一股伶俐、瀟灑、時髦勁兒。咱心想，這是個懂事識趣的人：一個人若在臥室都能保持稱頭體面，出了臥室也絕不會給你丟臉。而且他請我吃的牛肉三明治美味極了。我很欣賞烤牛瘦肉，也很早就懂得品嚐烈酒，因為我是酒店養大的貓，原先負責在酒窖抓老鼠，後來腦袋磨練得夠聰明了，便出來獨自闖蕩世界。

這番夜談的要點何在？質言之，先生當場雇我為他的小廝，親信小廝，偶爾還得兼任貼身僕從，因為呢，每當財務吃緊（哪個英勇軍官沒有手氣不佳的時候？），他就得當掉棉被啦，屆時忠心耿耿的本貓便會蜷縮在他胸前，夜間為他驅寒保暖。儘管他不喜歡我用腳掌來回按揉他的乳頭——偶爾我心不在焉時會這麼做，純粹是為了表示友愛，以及（好痛！他說）測試我爪子伸縮的靈活度——但是，除了我之外，還有哪個小廝能溜進青春少女神聖私密的閨房，在她與聖人般的母親一起讀祈禱書的當下把情書傳送給她？這任務我幫他進行過一兩次，令他感激不已。

而且，待會兒我就告訴各位，我最後還為他帶來了我們大家都受用不盡的絕佳好運與財富。

總之，本貓得到靴子的同時也得到了職位。我敢說主人跟我個性很像，因為他驕傲得像魔鬼，急躁難惹得像棘手鐵釘，色迷迷得像澀橄欖，而且——我這麼說可沒惡意——腦筋動得跟流氓一樣快，還是個穿乾淨內衣褲的流氓。

手頭緊的時候，我會去市場扒點早餐——一條鮮魚，一顆柳橙，一條麵包，我們從來不挨餓。本貓在賭場對他也大有用處，因為貓可以毫無顧忌爬上每個人的腿，看每個人手上的牌；貓可以跳上去撲住骰子——牠看到骰子滴溜溜轉就忍不住嘛！可憐的笨貓，還以為那是小鳥呢——等我裝出渾身發軟四肢僵硬的呆相，任人將我一把抓起罵完之後，誰還記得骰子原來擲出幾點呢？

如果他們不准我們上桌賭博了（那些小氣鬼有時候會這樣），我們還有其他比較……不紳士的謀生方式。我會跳起西班牙舞，他則拿著帽子在旁邊繞：olé！[2]若不是逼不得已，他不會要我做這麼丟人的事，考驗我對他忠誠和感情的極限，除非家中櫥櫃已經跟他屁股一樣光溜溜——也就是說，在他窮途末路到連內褲都當掉的時候。

就這樣，一切進行順利，本貓跟主人這對好搭檔過得快快活活，直到這傢伙什麼事不好幹，非要墜入愛河不可。

「貓啊，我神魂顛倒了。」

我逕自進行淨身，秉持貓族無懈可擊的衛生習慣舔舐屁眼，一條腿高高翹起像火腿，選擇對此保持沈默。愛情？為了主人，我跳進過城裡每家妓院的窗戶，還在修道院的處女後園出沒，外帶天知道其他哪些好色任務，這個浪蕩子跟溫柔激情哪會有什麼關係？

「可是她。簡直是高塔裡的公主。像畢宿五[3]那樣遙遠閃亮。跟個蠢貨拴在一起，還有噴火龍看守。」

我把頭從私處抬起，朝他露出最諷刺的微笑，看他敢不敢唱出那個調。

「貓全都是憤世嫉俗的傢伙。」他論道，在我的黃色瞪視之下畏縮。

就是因為這事危險，才特別吸引他，懂吧。

有位女士每天會在窗邊坐一小時，僅僅一小時，在黃昏最溫柔的時刻。窗簾幾乎將她遮掩，你簡直看不清她的長相，她就像一幅以布掩蓋的聖像，看著窗外廣場上店家打烊，攤販收攤，夜色掩至。這就是她所能見到的世界。全貝嘉莫沒有哪個女孩比她更與世隔絕，只有星期天家人會讓她去望彌撒，一身黑衣包得嚴嚴實實，還戴面紗。可是望彌撒時還有個老巫婆跟著，那個看守她的醜八怪一副壞脾氣不好惹的樣子，看起來就像監獄裡的伙食一樣惡劣。

2.〔olé，西班牙文的喝采聲。〕

3.〔金牛座最亮的一顆星。〕

他是怎麼見著那張神秘臉孔的？不是本貓的傑作，還會有誰？

那天我們賭到很晚才下桌，非常晚，於是驚訝地發現轉眼就已是一大清早了。他全身上下的口袋沈沈裝滿銀幣，我倆灌飽香檳的肚子都發出愜意的咕嚕，這一晚幸運女神與我們同在，我們的興致多高昂！時值冬季，天寒地凍，寒霧中已有虔誠信徒提著小燈準備上教堂，正與我們這兩個興高采烈回家的不敬神傢伙成對比。

你看，一艘黑色小帆船，簡直像國喪；本貓冒著香檳氣泡的腦袋裡下了個決定，要上她的身。我斜靠她身側，橘色腦袋瓜往她小腿上蹭：不管再怎麼硬心腸的太太，看到一隻小貓來親近她監護的對象，也不可能會不高興吧？（結果，這位太太——哈啾！——就會。）黑斗蓬中伸出一隻芬芳如阿拉伯香料的白皙玉手，投桃報李地摩挲貓兒耳後，那是最令我全身舒爽的地方。本貓響亮打起呼嚕，短暫人立起來，踩著高跟靴歡欣喜悅地跳舞轉圈——她被逗笑了，將面紗往旁掀開。本貓往那高高上方一瞥，見到一盞雪花石膏燈，透出黎明最初的淡紅晨曦：那是她的臉。

而且她在微笑。

一瞬間，就那麼短短一瞬間，你會以為此刻是五月的早晨。

「快走吧！快點！別在那隻髒兮兮的野貓身上浪費時間！」那個嘴裡只剩一顆牙、滿臉長疣的老巫婆兇巴巴地說，打著噴嚏。

面紗垂下，四周又恢復一片寒冷黑暗。

看到她的不只是我。他發誓，她那個微笑偷走了他的心。

愛情。

我曾一臉神秘高深坐在一旁，用伶俐腳掌清洗我的臉和白亮前襟，冷眼旁觀他大玩四腳獸的把戲，對象包括城裡每個妓女，以及相當數量的良家妻子、乖巧女兒、來街角賣芹菜和荷蘭萵苣的紅撲撲鄉下女孩，加上替他鋪床的女僕。甚至連市長夫人都為他取下鑽石耳環，公證人的妻子則七手八腳脫下襯裙，而要是我會臉紅，她女兒搖散亞麻色髮辮跳上床跟他們來趟三人行的場面就足以讓我臉紅，她還不滿十六歲耶。但在這些欲仙欲死時刻的當下或之後，主人口中從不曾說出「愛」這個字，直到他看見潘大隆先生的妻子走去望彌撒的路上掀起面紗，儘管不是為他而掀。

這下他開始病相思，無心上賭桌，還傷春悲秋守身如玉起來，連在鋪床女僕那又翹又大的屁股上拍一下都不肯，結果我們的剩飯剩菜餿了爛了好多天都沒人收，床單也髒得要命，那姑娘只顧氣沖沖拿著掃把到處砰砰咚咚亂掃，連塗在牆上的石膏都快被她掃下來。

我發誓，他簡直專為星期天早上而活，儘管他以往信教從來不虔。星期六晚上，他入浴把自己洗得一乾二淨，甚至——我很高興看到——連耳朵後面都沒漏掉，接著在身上噴香水，把制服壓得筆挺，好像真有那資格穿它似的。如今他深陷愛河，鮮少縱容自己淫樂，甚至連俄南[4]那套都不來了，只躺在沙發上輾轉反側，因為他睡不著，怕錯過教堂召集信徒的鐘聲。然後便在寒冷清晨出門，追逐那模糊的黑色身影，像個倒楣的漁夫，取不得藏在緊閉蠔殼裡的絕美珍珠。他悄悄跟在她身後越過廣場，滿心愛戀的人怎能忍受如此低調不引人注目？然而他必須如此，不過有時那老巫婆還是會打噴嚏，指天誓曰附近一定有貓。

他會躲在夫人閣下身後那排座位，有時全體跪下之際還能想方設法碰到她衣服下襬；他的心思完全沒放在祈禱上，她就是他前來崇拜的神明。之後他如在夢中，一聲不吭，就這麼呆坐到就寢時間。與他為伴我還有什麼樂趣？

而且他不肯吃飯。我從客棧廚房替他弄來一隻美味鴿子，剛離開烤架還熱氣騰騰，龍蒿的調味芳香宜人，可他連碰都不碰，我只好連骨帶肉全啃了，飯後照常邊洗臉邊沈思，忖道：一，他這樣荒廢正業會毀了我們倆；二，愛這種欲望全維繫於得不到滿足。要是我將他領進她臥室，讓他盡情享用她的百合白，沒兩下他就會恢復正常，隔天又可以使壞搞鬼了。

然後主人和本貓就還得出債了。

目前我們可是欠了一屁股哪，各位。

除了老巫婆，這位潘大隆先生另外只用一個僕人，是隻廚房裡的貓，毛皮柔亮，個性活潑。我勾搭上她，穩穩咬住她的頸背，照慣例用我那條紋花色的鼠蹊部穩穩給她抽送幾下。等她緩過氣來，便極為友善地向我保證那老頭是個呆子，

4.〔Onan，典出聖經創世紀三十八章，本意為性交中斷（體外射精）法，後指手淫。〕

又慳吝成性，為了要她抓老鼠，平常都不肯給她吃飽；那位年輕夫人則有副軟心腸，常偷偷餵她雞胸肉，有時候，趁巫婆噴火龍監護午後打盹，還會把這隻可愛小貓從廚房爐邊帶進閨房，拿絲線和手帕逗她玩，她倆玩得可開心了，就像兩位灰姑娘參加一場全是女生的舞會。

可憐的夫人好寂寞，年紀輕輕就嫁給顫危危的老頭，他禿頭凸眼，個性貪婪，挺著大肚腩，一身風濕老骨頭走起路一瘸一拐，還永遠都降半旗；陽痿也就罷了，他又多疑善妒——虎斑兒說，要是他能的話，他會讓全世界都沒得發情，只為了確保年輕妻子不會從別人身上得到他沒法給的東西。

「那我們就設計他戴綠帽怎麼樣，小親親？」

樂意之至，她告訴我他每週會出門一次，拋下妻子和財庫，騎馬下鄉向吃不飽穿不暖的佃農壓榨更多田租，這便是最適合我們計畫的時間。到時候就只剩她在家，關在多到你簡直不敢相信的重重鎖門後面；只剩她獨自一人——要是沒有那個老巫婆在的話！

啊哈！最大阻礙就在於這老巫婆，她是個穿鐵衣釘銅釦、恨死男人發誓不讓他們近身的老太婆，活了大約六十個充滿怨恨的年頭，而且——厄運使然——光看到貓鬍鬚就會噴嚏拚命打不停，過敏大發作。這下任本貓再迷人可愛，都不可能討那傢伙喜歡了，我的小虎斑兒也一樣！但是，哦我親愛的，我說，等著看我的聰明才智如何應付挑戰吧……於是我們在滿是煤灰、沒人打擾的煤洞裡重新開始對話中最愉快的那一段，她向我保證，她最起碼可以把一封情書安然送給那至今難以接近的美人兒，如果我把信轉交給她的話，而我可不是正跟她轉「交」得火熱嗎，儘管腳上的靴子有點礙事。

那封情書花了我主人整整三小時，跟我舔乾淨前襟上煤灰的時間一樣長。他撕掉了半刀紙，仰慕之情激烈得寫岔了五根筆尖：「我的心哪，別期望得到平靜；我已淪為她那暴君般美貌的奴隸，被她燦如日光的容顏迷花了眼睛，我承受的酷刑無從舒緩。」這樣寫可沒法通往她的床，那床上已經有一個笨蛋了！

「就講你的心聲嘛。」我終於勸道。「好女人都有種傳教士心態，主人，只要你讓她相信她那小洞是你的救贖，她就是你的人啦。」

「貓，我又沒問你的意見，你少多嘴。」他說，突然成了一副清高模樣。但最後他好不容易寫了十頁，說他原是如何不成材的浪子、玩牌的老千、遭革職的軍官，正往自我毀滅的死路上走，卻看到了她的臉，彷彿瞥見上帝的恩典……她是他的天使，他的良善天使，將引領他遠離地獄。

啊，他那封情書真是傑作！

「她看信時哭得一塌糊塗！」我的虎斑朋友說。

「哦，斑斑，她啜泣著說——她都叫我『斑斑』——我被那隻穿靴的貓逗笑時，完全想不到會讓一顆純淨的心如此痛苦！然後她把信按在胸口，說捎來這紙盟誓的人有著善良的靈魂，她太愛美德了，怎能拒絕他。這是說——她補充了一句，因為她是個明理務實的女孩——如果他不老也不醜的話。」

夫人回了一封令人讚賞的短簡，由這兒那兒來去自如的費加洛轉交，信中語氣有所回應，但也有所堅持。因為，她說，一眼都沒見過他本人，叫她如何與他進一步討論他的激情？

他把她的信吻了一下，兩下，千百下。她一定要也絕對會看到我！我今晚就去對她唱情歌！

於是一到黃昏，我們便去了廣場，他帶著一把用典當佩劍的錢買來的舊吉他，那身打扮，容我這麼說，實在非常古怪，像四處流浪的江湖郎中，是他用飾有金穗的背心換來的，又像塗白臉的默劇丑角，在廣場上扯著嗓子窮吼，因為他正是瘋癲癡狂、為情所困的傻瓜，甚至把麵粉抹在臉上，以充分表示他病相思得多麼憔悴蒼白，這可憐的傻子。

她出現了，宛若雲層圍繞的晚星。但廣場上馬車吱吱嘎嘎吵雜來往，攤販拆卸收攤一片喀啦嘈噪，還有民謠歌手咿哦吟唱、兜售萬靈丹的大聲叫賣、跑腿雜役熙熙攘攘，儘管他朝她高聲泣訴：「哦，我的愛！」她卻仍猶如夢中，坐在那裡凝視不太遠的遠方，看著大教堂後天空裡那彎新月，那景色美得像繪製的舞台布景，她也是。

她聽見他了嗎？

半個音符也沒。

她看見他了嗎？

半眼也沒。

「你上去，貓，叫她往我這兒看！」

洛可可式建築是小事一樁，但簡潔有品味的早期帕拉迪歐式可就難了，多少比我更高明的貓都曾望之卻步。碰上帕拉迪歐式，敏捷矯健是沒有用的，只能靠大膽。儘管一樓有座高高的雕像女柱，腰間圍布蓬圓如球莖，加上一副大胸脯，有助我一開始的攀爬，但她頭上頂的多利安式柱就完全不同了，我可以告訴你。要不是看見親愛的虎斑兒蹲在上方的簷槽對我熱切鼓勵，我，就算是我，也可能沒那勇氣飛撲而起，像吊鋼索的哈樂津[5]一般，奮力一躍便上了她的窗台。

「上帝啊！」夫人嚇了一跳，說道。我看見她，哎呀，也是個多情種子！手裡緊緊攥著一封讀了又讀的信呢。「穿靴貓！」

我對她行了宮廷式的一禮。沒聽見吸鼻子或打噴嚏的聲音，太走運了，巫婆呢？突然鬧肚子上廁所去了——機不可失，稍縱即逝。

「往下看。」我嘶嘶說道。「妳所知的那位就在樓下，穿白衣戴著寬帽，準備對妳唱上一整晚的小調。」

這時臥室門開了，緊接著：咻！本貓立刻飛跳閃人，還是謹慎為妙。然後我便做了，為她們兩位甜姐兒，那兩雙明亮的眼睛激發了我，做出不管是我還是其他貓、不管穿靴與否都從未嘗試過的——死裡逃生的空翻連三圈！

況且還是從三樓直躍而下，華麗降落。

只有非常輕微的一點點喘不過氣。我可以很自豪地說，我是四腳穩穩著地的，斑斑立刻瘋狂喝采，好耶！但主人有沒有看見我的精湛表演呢？看見個屁。他光顧著給那把舊曼陀林調音，就在我一躍而下的同時又唱了起來。

正常情況下，我絕不會說他的聲音像我這麼有魅力，能把樹上的鳥兒迷下來；然而此刻四周喧囂為他停息，正要回家的蔬果小販都停步聆聽，街頭賣笑的女孩為之回首，忘記擺出她們飽嚐辛酸的微笑，其中有些年紀較大的還哭了。

高高蹲在屋頂上的斑斑啊，豎起耳朵！因為，聽到這動人無比的歌聲，我知道他也唱出了我的心。

這時夫人低頭看向他，露出微笑，一如當初對我微笑。

5.〔哈樂津劇（參見註7.）的年輕男角，扮演可倫萍的情人。〕

然後，砰！一聲，一隻手牢牢拉上窗扇。剎那間，彷彿所有賣花人所有提籃裡的所有紫羅蘭都一同垂頭凋萎，彷彿春天當場停下腳步，說不定今年根本不會來，而廣場上先前為他歌聲全神奇停歇的生意也再度喧鬧起來，發出失去愛情的刺耳吵嚷。

於是我們荒寂無趣地穿過髒兮兮的街道，回家吃一頓貧乏晚飯。我只偷到麵包和乳酪，但至少這可憐的傢伙現在胃口大開了，因為她已經知道他存在這個世界上，而且長得也不醜；打從那個命中注定的早晨至今，這是他第一次沈沈熟睡。但今晚本貓卻難以成眠。我午夜散步走過廣場，不久便舒舒服服吃著一塊上好的鹽醃鱈魚，是虎斑朋友在爐台灰燼裡找到的，之後我們的對話就轉為其他事務。

「老鼠！[6]」她說。「你這粗魯的豬頭，靴子脫掉啦，那雙三吋高跟把我肚子上的軟肉弄得好痛！」

我們稍微恢復之後，我問她說「老鼠」是什麼意思，於是她提出了她的計畫：我主人必須打扮成抓老鼠的，而我則是他的可移動式橘色捕鼠器；然後，在老笨蛋下鄉收租那天，我們去捕殺肆虐於夫人閨房的老鼠，她便可以不慌不忙、隨心所欲地跟他如此這般，因為呢，若說那老巫婆有什麼比貓更怕的東西，那就是老鼠，她會嚇得躲進櫥櫃，直到屋裡所有老鼠都清光才肯出來。啊，這個虎斑妞，真有她的；我親暱地在她頭上輕拍幾掌，稱讚她的聰明才智，然後回家吃早餐，本貓這兒那兒無所不在，你的費加洛又是誰？

主人對老鼠計畫十分讚賞，但是那些老鼠，要怎麼讓屋裡有老鼠呢？他問。

「簡單得很，主人；我的伙伴，一位住在廚房爐台邊的伶俐俏紅娘，非常關切年輕夫人的幸福。她會親自收集一大堆死掉或快死的老鼠，散佈在監督上述妙齡夫人的太太房間，尤其更集中散佈在上述妙齡夫人本人的房間。明天早上胖大魯[7]先

6.〔口語亦有「討厭」之意。〕

7.〔潘大隆（Panteleone）在此被貓嘲笑地改成胖大魯（Pantaloon），後者是英國哈樂津劇（harlequinade）的老丑角，源自義大利傳統喜劇 commedia dell'arte 的一類角色（及其所戴的面具），扮演年輕女角可倫萍（Columbine）戀情的阻礙者：可能是她的父親，想把她嫁給自己屬意的對象，或者是她的監護人，自己就想娶她。〕

生一出門收租，她便會著手進行。接著，很幸運的，樓下廣場就來了個抓老鼠的人吆喝生意！咱們那個老巫婆受不了老鼠也受不了貓，於是必須由夫人親自帶著抓老鼠的，也就是主人您，和他大無畏的獵人，也就是在下我，前往鼠災為患的地點。

「進了她臥房後，主人，要是你還不知道該怎麼做，那我就幫不上你的忙了。」

「少把你那些骯髒念頭拿出來講，貓。」

這樣啊，原來有些事是神聖不可玩笑的。

果不其然，第二天早上五點，天色還黑濛濛，我就親眼看見美麗夫人的粗蠢丈夫出門收租去也，騎在馬上七歪八倒活像一袋馬鈴薯。我們已經做好了招牌：威猛先生，不留活口的老鼠殺手；他穿上向門房借來的皮衣，連我都幾乎認不出他，尤其是因為他還戴著假鬍子。他用幾個吻哄騙女僕——可憐的女孩，被他騙了！愛情是不知羞愧的——借來一大堆老鼠夾，我們便在某戶緊閉的窗下埋伏妥當，本貓蹲在那堆標示我們行業的捕鼠器上，擺出謙遜但堅定的模樣，儼然是害蟲勢不兩立的敵人。

我們才等不到十五分鐘——正是時候，因為許多飽受鼠患之苦的貝嘉莫居民已經被吸引前來，要說服他們不雇用我們可不容易——屋門便隨著一聲宏亮的尖叫砰然推開。驚嚇不已的老巫婆一把抱住直想躲她的威猛先生，找到他真是太幸運了！但她一聞到我的氣味便大打特打起噴嚏，眼淚直流，直式窗扇般的鼻孔滿是鼻涕，使她幾乎無法形容屋內情景，說她床上、房裡到處都是死老鼠，夫人的房間更糟！

於是威猛先生和他身負重任的貓便被帶進女神的聖殿，由她的看守者以鼻子豎琴一陣奏樂宣布我們到來：哈——啾——！

咱們的妙齡夫人身穿寬鬆亞麻晨袍，甜美悅人，看見我靴跟上的花紋時嚇了一跳，但立刻恢復鎮定，而那又噴嚏又咳嗽的老巫婆根本無暇多管，只說了句：「我是不是看過這隻貓？」

「不可能。」我主人說。「他昨天才跟我一起從米蘭來。」

她也只好接受此說。

我的斑斑連樓梯上都排滿了老鼠，把老巫婆的房間變成老鼠停屍間，但夫人的房間則比較有生氣，因為她非常有技巧地不殺死、只弄瘸其中一些獵物。土耳其地毯上一隻大黑老鼠就這麼左搖右晃朝我們走來，貓，快上！我可以告訴你，老巫婆又是尖叫又是噴噓，模樣好不悽慘，不過夫人閣下表現出極令人激賞的沈著鎮靜，我猜想她也是個有頭腦的女孩，所以或許已約略察覺到這項計謀的內容。

我主人趴下來爬進床下。

「我的天！」他叫道。「我抓了這麼久的老鼠，從沒看過這片護牆板上這麼大的洞！裡面全擠滿了黑老鼠，正準備要衝出來！快攻擊！」

但老巫婆儘管嚇得要命，卻不肯離開讓主人和我單獨對付老鼠，眼睛只顧盯著房裡的銀髮刷和珊瑚念珠，又是吱吱喳喳，又是四處亂晃，又是驚聲尖叫，又是唸唸叨叨，直到夫人閣下在愈來愈甚的大亂場面中向她保證：

「我會親自待在這裡，不讓威猛先生拿走我這些小玩意兒。妳快去聞一聞修士香膏[8]恢復一下，等我叫妳再回來。」

老巫婆一離開，美人兒立刻以迅雷不及掩耳的速度鎖上房門，輕聲笑起來。

真是個小淘氣。

威猛先生撢去膝蓋上的灰塵，慢慢起身站直，並立刻摘下假鬍子，因為不能容許任何鬧劇因素玷污這對情侶首度如在夢中的狂喜會面，是吧。（可憐的傢伙，他的手抖得真厲害。）

我習慣了吾等貓族正大光明的赤裸，不像人們平常遮掩靈魂、只在情侶袒然相對時才展露出來，因此看見人類動情之際，在勝過萬語千言的沈默中害羞、遲疑地除去身上拉里拉雜的遮掩布片，我總覺得有點感動。於是，一開始，這兩人露出小小微笑，彷彿是說「在這裡遇見你真奇怪呀！」暫且還不確定會得到柔情蜜意的歡迎。此外，是我搞錯了，還是真的看見他眼角有一滴閃爍的淚？但，是誰先走向對方呢？哎，當然是她囉，我想，在人類兩性之中，女人對自己身體的甜美音樂更加敏感。（是哦，還說我滿腦袋骯髒念頭！那個身著睡衣、充滿智慧又一臉嚴肅的人，她難道會以為你大費周章搬演這場好戲只是為了吻她的手嗎？）但

8.〔friar's balsam，一種含安息香、妥魯香脂、蘆薈等成分的酊劑。〕

是，然後——啊，她臉紅得多麼可愛！她後退，現在輪到他往前兩步，繼續這場愛慾的薩拉邦舞。

不過我倒希望他們舞步跳快一點，那老巫婆不久便會恢復，會不會被她撞見他們精赤大條？

他伸出一隻發抖的手，放在她胸口，她也伸出一隻手，起初遲疑、繼之目標較為明確，放在他的褲襠。然後他們的恍惚出神狀態破除，含情脈脈的瞎扯結束，我從沒見過辦起事如此天雷地火的一對。彷彿旋風鑽進了他們的指尖，兩人一眨眼就剝光對方，她躺倒在床，向他露出標靶，他現出飛鏢，立刻正中靶心。漂亮！這張老床從不曾有機會隨著如此風暴搖晃。然後是他們上氣不接下氣的喃喃蜜語，可憐的人兒：「我真……」「我親愛的……」「還要……」等等、等等。再怎樣的鐵石心腸聽了都要融化。

他一度用手肘支起身，朝我喘氣：「貓，快假裝殺老鼠！用黛安娜的戰鬥掩飾維納斯的音樂！」

於是咱們開始打獵囉！我可是徹頭徹尾的忠心耿耿，拿斑斑的死老鼠玩貓捉老鼠，給那些快死的賞以致命一擊，發出中氣十足的響亮叫聲，淹沒那（誰猜想得到？）熱情少婦達到淋漓盡致高潮時的陣陣銷魂尖叫。（好個滿分哪，主人。）

這時老醜婆來到房前拚命敲門。發生了什麼事？怎麼這麼吵？敲得門的鉸鍊都快撐不住了。

「安靜！」威猛先生叫道。「我這不才把那大洞堵上嗎？」

不過夫人閣下可不急著重新著裝，這可人兒慢慢來，酥軟的肢體充盈著無比歡悅滿足，你簡直會覺得連她的肚臍都在微笑。她美美地在我主人臉頰親了一下表示感激，用草莓般粉紅舌尖沾濕他假鬍子的黏貼處，親自幫他貼回唇上，然後才開門讓她的監督人進入偽造的屠殺現場，一副全世界最端莊正經的模樣。

「妳看！貓把這些老鼠全殺死了。」

我發出驕傲的呼嚕聲，衝向老巫婆，她立刻變得眼淚汪汪。

「床單怎麼這麼亂？」她尖聲擠出一句，她的眼睛還沒完全被黏液遮掩，根據自己多疑的思路在眾多可能位置中選擇了這個崗位，儘管（哦，多麼盡忠職守啊）她嚴重恐懼老鼠。

「貓就在這張床上跟前所未見的超級大老鼠大戰了一場，妳沒看到床單上的血嗎？威猛先生，你的服務太棒了，我們該付你多少錢？」

「一百金幣。」我飛快接口，因為我知道，要是任主人回答，他會表現得像個有榮譽感的傻子，分文不取。

「這數字是全家一整個月的開銷！」與貪婪老頭臭味相投的同黨哀鳴道。

「而每一分錢都花得值得！那些老鼠足以把我們全家吃得精光。」由此我略略瞥見這位年輕夫人的堅定意志。「去，拿妳的私房錢來付帳，我知道妳偷偷剋扣家用開銷。」

她又是唸叨又是呻吟，但無計可施，只有照做。於是威猛的主人和我帶走一整個洗衣籃的死老鼠當紀念品——我們把牠們，噗通！倒進了最近的陰溝。然後坐下來，像個正人君子付錢買晚飯，這可太稀奇了。

但這傻小子又沒食慾了。他推開餐盤，一會兒笑，一會兒哭，一會兒把頭埋進雙掌，又一而再、再而三走到窗邊，瞪著那緊閉的窗扇，裡面有他的情人正刷洗血跡，還有我親愛的斑斑在如此一番勞累之後好好休息。他坐下，發呆片刻，草草寫了幾句什麼，然後把紙一撕為四，往旁邊一扔。我一揮爪勾住一張飄落的碎片。上帝啊，他居然寫起詩來了。

「我必須也一定要永遠擁有她。」他喊道。

這下我知道我的計畫全是白費心機。滿足感滿足不了他，他倆在彼此身體中看見的靈魂有著無法饜足的飢餓，絕不是吃一頓就能解決的。我開始清理我的下半身，這是我沈思世道時最喜歡的姿勢。

「沒有她叫我怎麼活？」

沒有她你已經活了二十七年，主人，從來也不覺得少了什麼。

「我全身燃燒著愛情的高熱！」

那我們就省下生火的錢了。

「我要把她從她丈夫身邊偷來，跟我生活在一起。」

「那你打算靠什麼生活，主人？」

「親吻，」他魂不守舍地說。「擁抱。」

「唔，那樣可肥不了你，不過她倒是會肥起來。然後就又多一張嘴得吃飯。」

「我受夠了你滿口帶刺的髒話，貓。」他怒斥。但我卻挺感動，因為他現在說的是淺顯、清楚又愚蠢的愛情語言，除了我之外，還有誰夠狡黠，能幫他得到幸福呢？籌劃，忠心的貓，快籌劃吧！

我清洗完畢，出門穿過廣場去造訪那迷人的她，她的聰明機智和俏模樣已經一路鑽進我這顆從不曾被佔據的心。見到我，她流露溫情，而且，哦！告訴了我一個大消息！令人狂喜的私人消息，讓我開始動腦想起未來，而且，是的，是非常家庭的居家計畫。她幫我留了個豬蹄，是夫人眨眨眼偷塞給她的一整隻。好一頓大餐！我邊嚼邊思索。

「來，」我建議：「把胖大魯先生每天在家的行動從頭到尾說一遍。」

他的習慣規律僵硬毫無變通，連大教堂的鐘都用他來對時。天一破曉，他就拿昨天吃剩的乾麵包皮打發一頓寒傖早餐，配一杯冷水，省下燒水的燃料費。接著到財庫數錢，一直數到中午，才來一碗兌了很多水的稀粥。至於下午的時間，他用來巧取豪奪，這裡害一個商人破產，那裡害一個哭泣的寡婦沒錢，既有樂趣又有利潤。四點鐘的晚飯可豪華了：一道湯，裡面放點發臭的牛肉或又老又硬的禽肉——他跟肉販談了項交易，把賣不完的肉給他，他就不張揚某次派餅餡裡有手指頭的事。四點半到五點半，他打開窗扇上的鎖讓妻子往外看，哦，我難道還不知道嗎！老巫婆則守在旁邊不讓她微笑。（哦，那次鬧肚子真太是時候了，那珍貴的解放的幾分鐘，讓整局遊戲都動了起來！）

在她呼吸傍晚空氣的同時，他則檢查一整箱寶石、一捆捆絲綢、所有他深愛得不願與天光分享的寶貝，儘管這樣會浪費一根蠟燭，就算他縱容自己一下吧，哎呀，每個人都有權享受一樣奢侈啊。再來一杯亞當的麥酒[9]健康地結束一天，他上床躺在太太身旁，而既然她是他最珍貴的財物，他便同意稍微碰她一下，摸摸屁股，拍拍大腿：「真是太物超所值了！」不過呢，除此之外也不能做什麼了，不想浪費他的天然精華。然後他心安理得地睡去，想著明天會賺到的黃金。

「他有多富有？」

「富可敵國。」

9.〔指水。〕

「夠養活兩對恩愛夫妻嗎？」

「豐衣足食。」

沒有蠟燭照明的一大清早，睡眼惺忪摸索著前往廁所時，萬一老頭一腳踩上陰影掩蔽中某隻微暗但會跑動的年輕虎斑貓——

「我的愛，妳真是完全讀懂了我的心。」

我對主人說：「好，你去弄件醫師袍，相關器材要一應俱全，否則我們從此分道揚鑣。」

「怎麼回事，貓？」

「照做就是了，別管理由！你知道得愈少愈好。」

於是他花了幾枚老巫婆的金幣，買來白領黑袍、小帽和黑提包，然後在我的指示下做了另一個招牌，以恰如其份的堂皇姿態宣稱他是「著名大醫生」：治療疼痛，預防痛苦，接骨，波隆納大學畢業，一流醫師。他直問，這回她是不是要扮病人，讓他再進香閨？

「我會把她緊緊抱在懷裡跳出窗子，我倆也來表演一招愛的空翻連三圈。」

「你只管顧好你自己的事，主人，讓我用我的方法把你的事顧好。」

又是一個凜冽多霧的早晨！這片山丘的天氣難道永遠都不會變嗎？實在太晦暗陰沈，太了無生趣了！但他站在那裡一身黑袍，嚴肅得像在講道，半個市場的人都跑來找他治療咳嗽、疔瘡、頭上摔破的傷口，本貓則將事前很有先見之明地裝進他提包的膏藥和一小瓶一小瓶加了顏色的水分發給病人，因為他激動緊張得沒法自己賣。（誰知道，說不定我們誤打誤撞發現了有利可圖的未來職業，如果我的計畫失敗的話？）

直到晨光那微小但熾烈的金箭射過大教堂，鐘敲六點。最後一聲鐘響還沒完，那扇知名的屋門便再次砰然推開，傳出老巫婆咿————！的叫聲。

「哦，大夫，哦，大夫，請你快來，我們家老爺摔得不輕！」

她哭得淚流成河足以漂起小漁船，沒看見醫生的學徒全身長滿色彩鮮明的毛，還有一嘴鬍鬚。

老呆瓜攤平在樓梯下，頭歪成一個可能永難恢復的尖銳角度，一大把鑰匙仍在他右手中咧嘴微笑，彷彿是通往天堂的鑰匙，標示著：隨身行李。夫人圍著披肩，俯身看他，好一位心懷關切的俏佳人。

「他摔倒——」見醫生來，她開口說話，但看到區區在下便突然停住。天生永恆微笑的本貓儘可能撇嘴擺出嚴肅模樣，拖著主人的吃飯傢伙，裝腔作勢假扮蒙古大夫。「又是你。」她說著忍不住吃吃笑起來，不過老噴火龍哭哭啼啼的沒聽見。

我主人耳朵貼著老頭胸口，一臉哀戚搖搖頭，然後拿出口袋裡的鏡子，湊到老頭嘴前：沒有呼吸產生的霧氣。哦，真悲哀！哦，真傷心！

「死了，是不是？」老巫婆哭著說。「摔斷了脖子，是不是？」同時她狡猾地伸手偷偷抓鑰匙，儘管表面裝得傷心欲絕；但夫人啪地打下她的手，她乖乖縮回。

「把他搬到比較軟的床上吧。」主人說。

他抬起屍體，搬到我們都非常熟悉的那間房，砰地放下胖大魯，扭扭他眼皮，敲敲膝蓋，探探脈搏。

「完全死透了。」他宣布。「妳們現在需要的不是醫生，而是葬儀社。」

夫人拿出手帕拭拭眼角，非常盡責、非常正確。

「妳去找人來。」她對老巫婆說。「然後我就宣讀遺囑。因為別以為他忘了妳，妳這忠誠的僕人。哦，不，當然沒有。」

於是老巫婆去了，你絕沒見過這麼大歲數的女人跑這麼快。一待兩人獨處，這回可沒有耽誤，他們立刻辦起事來，在地毯上翻雲覆雨，因為床鋪已經有人佔用。他的屁股上上下下、上上下下，在她雙腿間進進出出、進進出出，然後她翻身把他壓倒在地，輪到她來推磨了，簡直永遠不打算停的樣子。

永遠懂得分寸的本貓則忙著鬆開窗扇，大開窗戶迎接這嶄新的美麗早晨，敏感的鼻子在充滿生機的芬芳空氣中嗅到第一絲春的氣息。沒過多久，我的親愛朋友便來到身邊，我已經注意到——或者只是我充滿溫情的想像？——她那本來窈窕纖靈的身形多了迷人的圓潤。我們就這麼坐在窗台上，像一對保護這個家的精靈；貓啊貓，你四海為家的日子已經結束囉。我將要變成一隻守在爐台地氈上的貓，又胖又愜意的靠墊貓，再也不對月高唱，終於安頓下來享受我倆，我和她，如此賣力賺得的安寧居家歡樂。

他們的狂喜叫喊打斷了我愉悅的遐想。

老巫婆果然挑中這敏感而離譜的時刻回來，領著頭戴綢繆禮帽的殯葬業者，還有兩個黑得像甲蟲、哭喪著臉像保安官的啞巴，扛著榆木棺材準備帶走屍體。不過看到這意料之外的精彩場景，他們的心情倒是大大改善，他和她便在歡聲雷動和熱烈掌聲中完成了愛的插曲。

但老巫婆可是大吵大鬧！警察，謀殺，小偷！直到主人把她那袋金幣塞還給她當養老金。（同時我注意到，那位明理務實的少婦儘管赤身裸體像剛出娘胎，卻非常沈著鎮定地抓住丈夫的鑰匙環，一把從他乾枯冰冷的手裡奪下。只要鑰匙到手，她就掌控一切了。）

「好了，別胡扯亂鬧了！」她斥罵老巫婆。「我現在炒妳魷魚，但妳會得到一筆豐厚的禮金，因為如今我」——亮亮那串鑰匙——「是個有錢的寡婦，而這位年輕人」——對眾人指指我那光著屁股但滿臉幸福的主人——「將會是我的第二任丈夫。」

等到監護老太婆發現潘大隆先生的確沒忘記她，遺囑裡將他每天早上喝水的杯子留給她做紀念，她便再也不吭一聲，道謝收下一筆豐厚賞金，然後打著噴嚏離開，也再沒提過半句「謀殺」什麼的。老笨瓜旋即裝在棺材裡埋了，主人獲得一大筆財產，夫人的腰圍已經大了一圈，兩人快樂得就像吃飽喝足的豬。

但我的斑斑搶先一步，因為貓懷小孩用不著那麼多時間：三隻新亮稱頭的橘色小貓，全都有雪白的襪子和前襟，在牛奶裡打滾，勾亂夫人織的毛線，任誰看了都忍不住微笑，而不只是他們的母親和自豪的父親，因為斑斑和我本來就成天帶著笑，而且如今呢，我們的微笑都是真心的。

最後，在此祝各位的妻子（若你們需要妻子）全都美麗多金，丈夫（若妳們想要丈夫）全都年輕堅挺，更願你們的貓全都狡詐、聰慧又能幹，一如：

穿靴貓。

精靈王[1]

那個下午澄澈明淨的天光自成一種存在，完美的透明必然是無法穿透的。大堆大垛飽積雨水的灰雲蹲踞天空，陽光像一條條黃銅從雲間的硫磺色裂隙垂直伸下，用被尼古丁染黃的手指觸摸樹林，樹葉閃動。十月底寒冷的一天，懸鉤子的枯萎黑莓懸在變了色的枝椏間，像自身的陰魂。腳下鏽紅濕爛的枯死蕨菜間盡是窸窣脆響的櫸實與橡實，秋分的雨已將地面完全浸透，於是寒意滲出土地從鞋底侵入，那刺人寒意預示即將到來的冬，攀抓你的肚腹，讓你的胃為之緊縮。此時光禿禿的接骨木看來彷彿得了厭食症，秋季樹林裡沒有什麼可以讓你微笑的事

1.〔Erl-King，傳說中的精靈之王，居於黑森林，捉弄孩童，甚至誘騙成人。〕

物，但又還不到，暫且還沒到，一年中最悲哀的時節。只有一種揮不去的感覺，感覺一切存在都即將停止；在這季節轉換之際，大自然跟自己作對，內斂的天氣充滿病房般的噤聲寂靜。

樹林圈繞包圍住你。一踏進縱樹林間，你便離開空曠，被樹林吞沒，再也沒路可以穿度。這片樹林已回歸初始的私密，一旦走進，你便必須留到它放你出去為止，因為這裡毫無任何線索能引領你走向安全。小徑早已雜草蔓生，多年無人走過，如今只有兔子和狐狸在那微妙迷宮開出自己的路。樹木搖曳，聲響就像塔夫綢裙窸窣，而穿那裙的是迷失林中、茫然四顧找不到出路的女人。榆樹上全是烏鴉巢，烏鴉在枝枒間翻飛，玩捉鬼遊戲，不時發出響亮吵人的呱叫。一條小溪流穿樹林，兩岸是柔軟沼澤，但在這個季節小溪變得腫脹，沈默發黑的溪水如今厚結成冰。一切都將靜止，一切都將暫停。

年輕女孩走進這片樹林，不疑有他，就像小紅帽要去外婆家，但這片天光不容許任何模稜曖昧，在這裡她會困於自己的幻覺，因為樹林中的一切都完全表裡如一。

樹林圈繞包圍又圈繞包圍，像一組一個套一個的盒中盒。樹林的私密視野不斷在外來者四周變換，那想像中的旅人永遠走在我前方，永遠隔著那段想像中的距離。在這片樹林，你很容易迷失自己。

靜定空氣中，響起一聲兩個音調的鳥鳴，彷彿是我女孩兒氣的怡人寂寞化為聲音。草木叢中薄霧繚繞，模仿老人的綹綹鬍鬚，穿梭在樹木灌木的低處枝枒間。山楂樹掛著一串串沈甸甸紅色漿果，成熟美味有如哥布林或施了魔法的水果，但老草則枯萎退去。蕨類一一收捲起它們的百隻眼睛，縮捲回地裡。葉尚未落盡的樹枝在我頭頂上編織翻花鼓，我感覺自己彷彿身處網屋，而儘管在我四周溫和吹拂的冷風始終預示著你的存在(但我當時對此一無所知)，我卻以為樹林裡只有我一人。

精靈王會重重傷你。

鳥鳴再度尖聲傳來，寂寥得彷彿發自全世界最後一隻活鳥。那鳴聲充滿這瀕臨衰竭的一年的憂鬱，直直穿透我的心。

我在林中行走，最後來到一片漸暗的空地。看見那裡的居民，我便知道牠們從我踏進樹林那一刻起就在等我，帶著野生動物的無盡耐心，因為牠們多得是時間。

那是一處花園，園裡的花朵全是鳥獸：柔灰的斑鳩，纖小的鷦鷯，斑點的唱鶇，戴黃褐圍兜的知更，彷彿戴著頭盔、人造皮般光亮的大烏鴉，黃喙的黑鶇，田鼠，鼴鼠，田鶇，蹲在他腳邊、雙耳平貼背上像湯匙的小棕兔。一隻毛色略紅的瘦高野兔用粗壯後腿站著，鼻子一聳一聳；鼻子尖尖的鏽色狐狸把頭靠在他膝上；一棵鮮紅花楸的枝幹上攀著一隻松鼠，注視他；一隻雄雉從荊棘叢中伸出纖細脖子，看著他。還有一頭白得異常的山羊，晶亮如雪，溫和眼神轉向我輕聲咩叫，讓他知道我來了。

他微笑，放下菸斗和接骨木做的喚鳥笛，伸出一隻無可挽回的手放在我肩上。

他的眼睛很綠，彷彿看樹林看得太久。

有些眼睛可以吃掉你。

精靈王獨自住在樹林深處，他的屋子只有一間房，以木枝和石頭搭成，屋外長了一層毛皮般的黃色地衣，爬滿青苔的屋頂上生著青草與雜草。他將掉落的樹枝砍作柴火，用錫桶從小溪汲水使用。

他吃什麼？咦，當然是林地的豐饒物產！蕁麻燉湯，美味的蘩縷灑上肉荳蔻，薺菜當包心菜煮。他知道哪些有縐褶、長斑點或腐爛的蕈類適合食用，了解它們的奇詭習性，如何一夜之間便冒出陰暗角落，靠死物成長茁壯。甚至貌不驚人、加上牛奶與洋蔥像動物內臟那樣烹調的紫丁香蘑，還有扇形頂、淡淡杏桃香的蛋黃色雞油菌，全都連夜長出猶如土地起了泡泡，由大自然供養，存在於空無。我可以相信他也是這樣。他是從樹林的欲望中活起來的。

他一早出門採集那些不自然的寶藏，輕手輕腳採摘有如拿取鴿蛋，放進他用杞柳編成的籃子。他給蒲公英取難聽的名字，管它們叫「通屁管」或「尿床」，拿來做沙拉，加幾片野草莓葉調味。但他絕不碰懸鉤子，說上面有惡魔在聖米迦勒節[2]吐的口水。

那頭乳漿色的母山羊提供他豐沛奶水，他將羊奶做成柔軟乳酪，吃起來有種略帶阿摩尼亞氣息的獨特臭味。有時他用線繩做陷阱抓隻兔子，加野蒜燒湯或燉

2.〔Michaelmas，九月二十九日，約在秋分前後。參見〈狼人〉註1.。〕

煮。他熟知樹林及林中生物的一切。他告訴我草蛇的習性，說老蛇聞到危險就會張開大嘴，讓細瘦小蛇鑽進喉嚨，危險過後小蛇再鑽出來，照常四處游竄。他告訴我，夏天蹲在溪畔驢蹄草間的明智蟾蜍，腦袋裡有一顆非常珍貴的寶石。他說那隻貓頭鷹本來是麵包師傅的女兒。然後他對我微笑。他示範給我看，如何用蘆葦紮草席，如何用杞柳枝條編籃子、編飼養鳴禽的鳥籠。

他廚房滿是鳴禽，雲雀，紅雀，鳥叫聲震天價響，籠子堆滿一面牆，一整牆受困的鳥。把野鳥關在籠裡，多麼殘忍！但聽我這麼說他只是笑我，笑著露出那口尖利白牙，唾液在牙上閃閃發亮。

他是個絕佳的主婦，簡樸屋內一塵不染，刷得乾乾淨淨的深鍋與長柄淺鍋整齊並排在爐台邊，像一雙擦得光亮的鞋。爐台上方掛著一串串風乾的蘑菇，是又薄又捲、人稱「猶太耳朵」的那種，自古以來都長在接骨木上，因為猶大就是用那種樹上吊自殺；他告訴我的森林知識就是這一類，逗引著半信半疑的我。此外掛起晾乾的還有一束束芳香藥草——百里香，馬鬱蘭，鼠尾草，馬鞭草，苦艾，洋蓍草。房內充滿歌聲與香氣，爐柵裡總有木柴霹啪燃燒，煙霧又甜又嗆，火焰明亮搖曳。但掛在牆上鳥籠旁的那把老舊提琴拉不出曲調，因為琴弦全斷了。

如今，我散步的時候——有時在草木留有白霜閃亮指印的早晨，較不常但更誘人的是在冷暗漸沈的晚上——總是去找精靈王，讓他將我放倒在那張沙沙作響的稻草床上，任那雙大手擺佈。

他是溫柔的屠夫，教會我肉體的代價是愛，剝下兔皮，他說！於是我的衣服盡皆脫落。

當他梳理那頭枯葉色的髮，髮中便掉出枯葉，窸窣飄落在地，彷彿他是一棵樹。而他確實也能靜立不動如樹，讓斑鳩輕拍翅膀咕咕叫著飛來棲在他肩上，那些頸上戴著婚戒的呆鳥又笨又肥沒有戒心。他用接骨木小枝做成喚鳥笛，從天空招來眾鳥——所有的鳥全來了，歌聲最甜美的會被他關進籠子。

風吹動幽暗樹林，吹過灌木叢。他所到之處總有一絲飄盪在墳場上方的冷空氣，讓我頸背汗毛直豎，但我並不怕他，只怕那種暈眩，那種他以之攫住我的暈眩。只怕墜落。

墜落，就像鳥從半空落下，當精靈王將風綁進手帕裡，繫緊四角讓風無法逃逸。於是沒有流動的氣流能支撐鳥兒，受制於重力的牠們全數墜落，就像我為他墜落，並且知道自己之所以沒有墜落得更深，只因為他對我手下留情。鋪著夏天殘留的、纖弱如羊毛的濱死草葉的土地支撐住我，只是因為與他共謀，因為他肉體的實質與那些緩慢化為泥土的葉子相同。

他可以將我插入明年植物的苗圃，我便必須等待，直到他吹笛將我從黑暗中喚起，才能再度回來。

然而，當他用喚鳥笛吹出那兩個音調的清越聲響，我便來了，像隨便哪隻毫無疑心的動物停棲在他手腕上。

我見到精靈王坐在爬滿長春藤的樹幹殘株，以一道自然音階召來林中所有的鳥：一聲高，一聲低，如此甜美嘹亮，一群群輕柔鳴囀的鳥兒便隨之而來。空地堆滿枯葉，有些色如蜂蜜，有些色如餘燼，有些色如泥土。他看來完全就是此地的精靈，看到狐狸毫不畏懼地將嘴靠在他膝上我一點也不驚訝。一日將盡，棕色光線滲進潮濕沈重的土地，一切沈默靜定，夜晚的清涼氣息拂來。幾滴雨開始落下，林裡唯一的遮蔽處是他的小屋。

我便這樣走進精靈王鳥鳴繚繞的孤獨，他將那些羽毛小東西關進自己用杞柳枝編成的籠，讓牠們在籠裡為他歌唱。

飲料是羊奶，用有凹痕的錫杯盛裝。他在爐台上烤了燕麥餅，我們可以一起吃。屋頂上雨聲淅瀝，門閂喀喀碰響。我們兩人鎖在屋裡，木柴隨著小小火焰顫抖，燃燒的辛澀氣味充滿這棕色房間，然後我躺在精靈王吱咯作響的稻草床上。他皮膚的顏色和質感像酸奶油，鏽紅色的硬挺乳頭成熟如漿果，像一棵枝頭同時開花又結果的樹，多麼悅人，多麼可愛。

而現在——啊！在你深沈如水的吻中我感覺到你的利齒。秋分的狂風將光禿榆樹吹得瘋狂搖晃，有如旋轉苦行僧。你將牙齒咬進我喉嚨，讓我尖叫。

空地上，白月冷冷照亮我們擁抱的靜止畫面。我的四處漫遊是——或者說，曾是——何等甜美，我曾是夏日草地的完美孩子，但季節轉變了，天光變得清澈，我看見瘦削的精靈王，高大一如枝幹上停棲鳥群的樹，他那非人的音樂就像套索將我拘去。若我用你的髮為那老舊提琴裝上弦，我們便可以在樹間漸薄的天光中隨樂聲翩翩起舞，那音樂會勝過關在成堆漂亮鳥籠裡的雲雀的嘈雜尖鳴，屋頂也被你誘來的飛撲鳥群壓得吱呀作響，當我們在樹葉下參與你那不神聖的神秘。

他將我剝除得只剩最後的赤裸，只剩絲綢般帶有珠光的紫褐色內層肌膚，像一隻剝了皮的兔子。然後又用擁抱為我著衣，那擁抱如此澄澈，如此淹漫似水。然後將枯葉搖散在我身上，彷彿搖進我所變成的溪流。

各自淩亂鳴唱的鳥兒，有時會偶爾合為一個和弦。

他的皮膚完全覆蓋我，我們就像一顆種子的兩半，封在同一層皮裡。我想變得好小好小，讓你嚥下，就像童話中的王后吞下一顆穀實或芝麻而懷胎成孕。然後我便可以棲居在你體內，你便可以懷著我。

燭火搖曳，熄滅。他的撫觸對我既是慰藉也是摧毀。我感覺自己心跳加快，然後凋萎，在咆哮的稻草床上赤裸如石，美妙的月光夜色穿過窗子，照得他身側斑斑駁駁，這個編織籠子關住甜美鳥兒的，懵懂天真的他。吃我，喝我；我飢渴，潰爛，受哥布林指使，一再回去找他，讓他手指撕去我破碎零落的皮膚，包我以他那襲水衣，水衣將我浸得溼透，帶著滑膩氣味，足以使人溺斃。

如今烏鴉翅膀滴下冬天，叫聲侵入這最嚴酷的季節。

天氣愈來愈冷，樹葉幾已落盡，來找他的鳥愈來愈多，因為天氣嚴苛覓食困難。黑唱鶇和畫眉必須抓樹籬底下的蝸牛，將蝸牛在石頭上摔裂，才吃得到殼裡的肉。但精靈王給鳥兒穀實吃，只要他一吹鳥笛，片刻就看不見他人影，因為鳥群像整片柔軟的羽毛大雪覆蓋住他。他為我擺出足可稱為哥布林盛宴的水果，豐盛多汁得駭人。我趴在他身上，看火光被吸進他眼中的黑漩渦，中央全無光亮，傳出無比強大的壓力，將我朝那裡拉進。

綠如蘋果的眼睛。綠如死去的海洋果實。

一陣風起，發出獨獨一聲狂野、低沈、奔騰的聲音。

你的眼睛真大呀。充滿無可比擬的光亮，像狼人那超自然燐火般的眼。你雙眼冰冷的綠緊盯我反映光芒的臉。那是一種保存劑，一如液態綠琥珀，捉住我，我怕自己會永遠困於其中，就像那些一腳踩進松脂脫不了身的可憐螞蟻蒼蠅，沈埋在被水淹沒的波羅的海。他用鳥鳴的發條將我在他圓眼中拴緊。你雙眼中各有一處黑洞，看著那靜止的中央令我昏暈，怕自己跌落其中。

你的綠眼是使人縮小的房室。若凝視你的眼太久，我會變得小如自己的倒影，我會縮小成一個點而消失。我會被拉進那黑色漩渦，被你吞食。我會變小得可以關進你的杞柳鳥籠，讓你嘲弄我失去的自由。我已看到你為我編織的籠子，那籠很美，我今後便將棲息其中，與其他鳴唱的鳥兒為伍，但我——我將啞然無聲，表示怨恨。

當我明白精靈王準備拿我做什麼，強烈恐懼使我全身顫抖。我不知該怎麼辦，因為我全心愛他，然而我並不想加入那群被他關在籠裡的鳴唱鳥兒，雖然他對牠們照料愛護備至，每天給牠們清水，把牠們餵飽。他的擁抱是誘餌，然而又是織成陷阱本身的樹枝。但他天真懵懂，完全不知自己可能害死我，儘管我第一眼看見他便知道，精靈王會重重傷我。

牆上的老舊提琴旁掛著琴弓，但弦全斷了無法拉奏。如果重新裝上琴弦，我不知道可能演奏出什麼樣的旋律，也許是給愚蠢處女的搖籃曲。現在我知道那些鳥兒並非歌唱，而是在哭泣，因為牠們找不到走出樹林的路，當初浸在他蝕人的眼神中失去了肉體，現在只能住在籠裡。

有時他會將頭枕在我腿上，讓我為他梳理那美麗的髮，梳下林中每一棵樹的葉，乾枯堆積在我腳邊。他的髮披散在我膝上，嗤嗤作響的爐火前一片夢般寧靜，當他躺在我腳邊而我梳出那頭慵懶髮中的枯葉。今年，知更鳥又在稻草屋頂下築巢，牠棲在一根沒燒著的木柴上，清理鳥喙，整理羽毛，歌聲中有股甜美懇求和某種憂鬱，因為這一年結束了——知更鳥，人類的朋友，儘管精靈王挖出牠的心，在牠胸前留下傷口。

將你的頭枕在我膝上，好讓我再也看不見你眼中向內照射的淡綠太陽。

我雙手顫抖。

他躺在那兒半夢半醒，我要搖下兩大把他窸窣的髮，纏成繩子，動作非常輕柔，好讓他不被吵醒。然後，輕柔地，以溫和似雨的雙手，我將用那繩勒死他。

然後她將打開所有鳥籠放鳥兒自由，牠們每一隻都會變回少女，每一人喉間都有他的猩紅吻痕。她將拿他剝兔皮的刀割下他那一大頭鬃髮，用五根灰棕色的髮為老舊小提琴裝上琴弦。

然後，不需手觸，提琴會發出不和諧的音樂，琴弓會自行在新弦上舞動，叫道：「母親，母親，妳殺死了我！」

雪孩

隆冬——所向無敵，潔白無瑕。伯爵偕妻子出門，他騎一匹灰牝馬，她騎黑馬，身裹亮黑狐皮，足登光亮的高跟黑靴，鞋跟與馬刺赤紅。新雪落在已落下的雪上，雪停之際，世界盡白。「我真希望有個女兒，白得像雪。」伯爵說。兩人繼續前行，看見雪地裡一個洞，洞內滿是血。他說：「我真希望有個女兒，紅得像血。」接著兩人繼續前行，看見一隻渡鴉棲息在光禿樹枝。「我真希望有個女兒，黑得像那鳥的羽毛。」

話才說完，女孩就站在路旁，白膚，紅唇，黑髮，赤身裸體；她是他欲望的孩子，伯爵夫人恨她。伯爵抱起女孩，讓她坐在自己身前鞍上，但伯爵夫人只有一個念頭：我該怎麼擺脫她？

伯爵夫人把手套掉在雪地，叫女孩下馬去撿，心想隨即策馬狂奔丟下女孩，但伯爵說：「我再給妳買新手套。」話一出口，伯爵夫人肩上的狐皮應聲飛起，包住女孩赤裸的身體。然後伯爵夫人將鑽石胸針拋進結冰的池塘：「下水幫我撈回來。」她說，想藉此讓女孩溺斃。但伯爵說：「她又不是魚，天氣這麼冷怎能游泳？」這時伯爵夫人腳上的靴子一躍而落，套上女孩的腿。現在伯爵夫人光裸如骨，女孩則身披毛皮腳穿長靴，伯爵為妻子感到難過。而後他們遇上一叢滿樹盛開的玫瑰。「給我摘一朵。」伯爵夫人對女孩說。「這我總不能拒絕妳。」伯爵說。

於是女孩摘下一朵玫瑰，刺傷手指，流血，尖叫，倒地。

伯爵哭著下馬，解開褲子，將堅挺陰莖插入死去女孩的身體。伯爵夫人勒住踏步的馬，瞇起眼睛看他。不久他便完事了。

女孩開始融化，不一會兒便消失無蹤，只剩一根羽毛，可能是哪隻鳥脫落的；一攤血，像狐狸在雪地獵殺的痕跡；以及她摘下的那朵玫瑰。現在衣物又回到伯爵夫人身上，她修長的手輕撫毛皮。伯爵拾起玫瑰，鞠個躬，遞給妻子；她手一碰到花就猛然縮回，任它落地。

「它咬我！」她說。

愛之宅的女主人

那些亡魂終於變得太會找麻煩，農人棄村遷離，村子完全落入心懷仇恨的幽微居民之手。他們展現自己存在的方式是透過歪斜得幾乎覺察不出的陰影，太多陰影，沒有任何肉眼可見來源的陰影，即使正午亦然；透過有時從荒廢臥室傳出的啜泣，儘管房內牆上掛的裂鏡沒有照見任何人；透過一種侵擾旅人的不安感，如果旅人不明智地停下腳步、啜飲廣場上那口仍源源流出石獅頭的泉水。一隻貓在長滿雜草的花園巡走，突然咧嘴嘶啐，弓起背，恐懼得四腿僵硬，從某個看不見的東西旁跳開。如今所有人都避開城堡下那座村莊，城堡裡有美麗的夢遊者無法自禁地繼續祖先的罪行。

美麗的吸血鬼之后身穿一襲古董新娘禮服，獨坐在那黑暗高聳的大宅，承受畫像中眾多癲狂殘暴祖先的眼神注視；透過她，每一個祖先都投射獲致一種陰慘的死後存在。她翻動塔羅牌，不停構築各式可能的星座般組合，彷彿隨機出現在面前紅絲絨桌布上的牌能讓她離開這緊閉窗扇的陰寒，去到恆久夏日的國度，抹去她既是死神又是處女的永恆悲哀。

她的聲音充滿各種遙遠響動，彷彿山洞回音：如今你身在一切灰飛煙滅之處，如今你身在一切灰飛煙滅之處。而她本身就是一座滿是回音的山洞，一套一再重複的系統，一組封閉的電路。「鳥是只能唱牠知道的那首歌，還是可以學會新曲？」寵物雲雀在籠中鳴唱，她伸出一根手指，又長又尖的指甲劃過鳥籠，發出悲切的瑲琅聲，像撥動金屬女人的心弦。她的髮披散如淚落。

城堡大多已被鬼魂所佔，但她仍有自己的一套起居室加臥房。緊閉拴鎖的窗扇和厚重天鵝絨窗簾阻絕任何一絲自然光，一張單腿圓桌鋪著紅絲絨，讓她排列必不可少的塔羅牌。房裡光線最多只有壁爐架上一盞遮著厚罩的燈，暗紅圖案的壁紙上隱隱浮現令人不安的花紋，是雨水滲進失修屋頂隨處浸染的污漬，像死去情侶留在床單上的不祥痕跡。屋內處處可見腐爛生黴的破敗。沒點亮的吊燈積滿灰塵，一顆顆玻璃稜塊已完全看不出形狀；蜘蛛在這腐爛豪宅的每一個角落勤奮結出華蓋，用柔軟灰網纏住壁爐架上的瓷花瓶。但這逐漸傾圮的一切的女主人什麼也沒注意到。

她坐在飽受蛾蛀的酒紅色天鵝絨椅，在低矮桌上排列塔羅牌，雲雀有時會鳴唱，但大多都只是一團陰鬱灰暗的羽毛。有時女伯爵會拂過鳥籠欄杆吵醒牠，讓牠短短唱起一段裝飾樂段：她喜歡聽牠宣唱自己無法逃脫。

太陽下山後她醒來，立刻坐到桌旁耐心玩牌，直到她開始餓，直到她飢腸轆轆。她美到不自然的地步，那份美是一種畸形、一種缺陷，因為她的五官完全不見任何不完美缺點，而正是那些動人的缺點讓我們能接受人類處境的不完美。她的美是她的病徵，顯示她沒有靈魂。

這陰暗難解的美女，白皙雙手排列著命運的牌戲，指甲長如中國古代官吏，磨得尖銳嚇人。這副指甲，加上白如棉花糖的利齒，清楚表明了她悵然渴望藉由奧義塔羅牌逃離的是何種命運；磨利她爪與齒的是許多個世紀以來的屍體，她是毒樹上最後一朵花蕾，這是一株在川藪斐尼亞拿屍體做野餐的「暴虐弗拉」[1]胯下長出的毒樹。

她臥房四壁掛著黑絲綢，綴繡珍珠淚滴。房間四角放著骨灰甕，幾個香爐散發沈沈欲眠的嗆鼻香煙。房中央是一座精雕細琢的黑木靈柩台，四周圍滿插於巨大銀燭台的長蠟燭。每天拂曉，女伯爵穿起沾有少許血跡的白蕾絲睡衣爬上靈柩台，躺進一具打開的棺材。

她乳牙還沒長出來之前，邪惡的父親就被一個梳著髻的東正教神父以木釘穿心，埋在卡帕希安[2]山區一處十字路口。胸口插了木釘的伯爵死前喊道：「諾斯法拉杜[3]已死，諾斯法拉杜萬歲！」如今她擁有他廣大領地上那些鬧鬼森林和神秘居處，她繼承了統治權，掌管駐紮在城堡下方村莊的陰影大軍。那些陰影變成貓頭鷹、蝙蝠與狐狸的模樣出沒在森林，讓牛奶變酸，讓奶油做不出來；他們整夜策馬進行瘋狂追獵，使馬匹到早上只剩一身骨頭和垮皮；他們擠乾乳牛的奶，更特別喜歡騷擾青春期的女孩，讓她們不時發作昏厥，血液出問題，罹患想像力過剩造成的各種疾病。

但女伯爵自己卻對這份怪異權威無動於衷，彷彿一切都只是做夢。在夢中，她會希望自己是人類，但她不知道那是否可能。塔羅牌出現的排列永遠相同：她翻開的永遠是女教皇、死神、斷塔，也就是智慧、死亡、消散。

沒有月光的夜晚，管家讓她出屋走到花園。這座花園無比陰森，極似墳場，她亡母種植的玫瑰長成一道滿是尖刺的龐然高牆，將她監禁在繼承的城堡。後門打開時，女伯爵會聞嗅空氣，發出嗥叫，然後四腳著地趴伏，鼻頭顫動，找到獵物的氣味。纖細骨頭被咬嚼時會發出清脆聲響的兔子，還有其他長毛的小東西，她都以四足野獸的敏捷加以捕捉；之後她會低聲哀鳴爬回家，臉頰沾血。回到臥房，她將大水罐的水倒進缽中洗臉，蹙眉瞇眼、仔細愛乾淨的姿態一如貓。

1.〔Vlad the Impaler，十五世紀瓦勒齊亞（在今羅馬尼亞）君主，生性暴虐，尤喜處人以穿刺於杜（impale）之刑，故名。據稱英國作家史托克（Bram Stoker）便是以他為本（並用了該家族的姓Dracula）創造出吸血鬼德古拉伯爵此一人物。〕

2.〔Carpathians，中歐主要山脈。〕

3.〔Nosferatu，源自斯拉夫語，原意為「帶來瘟疫者」，後指吸血鬼。〕

幽暗花園中女獵人的飢餓夜晚邊緣，縮伏、躍撲，圍繞著她慣常痛苦的夢遊習性，她的人生或她的模仿人生。她是夜行動物，瞳孔會放大放光，有利爪可以撲擊，有尖牙可以咬噬，但沒有任何事物，任何事物，能撫慰深陷這醜陋處境的她。她求助塔羅牌的魔法安慰，洗牌，翻牌，解讀牌，嘆口氣收起牌，再洗一遍，不停構築關於不可逆未來的種種假設。

一名老啞巴負責照顧她，確保她永遠不見著太陽、白天完全待在棺材裡，把鏡子和所有會反射的東西收到她看不見的地方——簡言之，執行吸血鬼僕人的所有工作。這位美麗又可怕的仕女的一切都如其所應然，她是夜之后，怖懼之后——只不過她痛苦遲疑地不想扮演這個角色。

然而，若有冒險來此的人不明智地在荒村廣場歇腳、啜飲泉水，立刻會有一個黑衣白圍裙的老醜婆走出某間房舍，用微笑和手勢邀請你，你便會隨她而去。女伯爵要新鮮的肉。小時候她像隻狐狸，只需小兔子、田鼠和野鼠就能滿足：小兔子在她手中發出可憐兮兮的吱叫，她隨即以一種作嘔又耽溺的感覺咬住牠們的脖子，而田鼠與野鼠只來得及在她繡花般纖纖十指間短暫掙跳片刻。但現在她已是成年女人，就必須要男人。如果你在吱咯輕笑的泉水旁停留太久，就會被那隻手引進女伯爵的食物櫥。

整個白天，她身穿那件沾血蕾絲睡衣躺在棺材裡。等太陽下山，她便打個呵欠醒轉，換上她唯一的禮服，也就是母親的新娘禮服，然後坐在桌邊解讀牌義，直到肚子餓。她厭惡自己所吃的食物，她多想把兔子帶回家養，餵牠們生菜，摸摸牠們，為牠們在自己的黑紅色中式寫字桌裡做窩，但飢餓永遠佔上風。她將牙齒咬進搏跳著恐懼的脖頸動脈，吸盡所有營養後扔下瘦癟皮囊，發出一聲既痛苦又憎惡的呼喊。同樣情況也發生在那些，出於無知或出於愚蠢，來泉水邊洗腳的牧童和吉普賽小伙子身上，女伯爵的女管家將他們帶進起居室，桌上翻出的牌永遠是「死神」。女伯爵會親自用有裂紋的珍貴小杯端咖啡給他們，還有小小糖蛋糕，那些笨拙男孩便一手拿著快潑灑的杯子，另一手拿著餅乾，目瞪口呆看著身穿絲綢華服的女伯爵。她從銀壺中倒出咖啡，同時隨口閒聊讓他們放下心來邁向死亡，眼神中有種寂寥的靜定，顯示她無法得到撫慰。她多想輕撫他們瘦瘦的棕色臉頰，摸摸他們蓬亂的頭髮。當她牽起他們的手將他們領進臥室，他們簡直不敢相信自己這麼走運。

事後，她的女管家會將殘骸收拾成整齊的一堆，用拋在一旁的原先衣服包裹，然後將這包屍骨仔細在花園裡埋妥。女伯爵臉頰上的血跡會混合淚水，女管家則用銀牙籤幫她剔指甲，剔去殘留的皮膚和骨屑。

嘿，喝，嗨，嚄

我聞到不列顛人的鮮血味。

在這個世紀青春期的某一年，又熱又熟的一個夏天，一名金髮藍眼、肌肉結實的年輕英國陸軍軍官休假到維也納訪友，之後決定利用剩餘時間探訪羅馬尼亞鮮為人知的北地。他浪漫大膽地決定騎腳踏車去走那些滿是牛馬車轍的路，看出此舉充滿幽默意味：「吸血鬼國度兩輪行」，於是大笑著展開探險行程。

他具有童貞的特殊氣質，那是最為也最不曖昧模糊的一種狀態：既是無知，同時卻也是潛在的力量，再加上不同於無知的不知。他的所是超過自己所知——

此外還有他們那一代獨具的一種光華，因為歷史已為他們在法國的戰壕裡準備了獨特典範的命運。這個植根於變遷與時代的生靈，即將遭遇吸血鬼那超越時間的哥德式永恆，對後者而言現在和未來都與一直以來的過去相同，牌永遠出現同樣的排列組合。

他雖很年輕，但也理性。他選擇了全世界最理性的交通工具來進行這趟卡帕希安山脈之旅。騎腳踏車本身就是對迷信恐懼的抵禦，因為腳踏車是純粹理性運用為動能的產物。幾何學為人類服務！只要給我兩個圓和一條直線，我就讓你看我能將它們帶到多遠。腳踏車雖不是伏爾泰發明的，但服膺他的原則，對人類福祉大有貢獻，同時又不會造成絲毫禍患：它有益健康，不會排出有害廢氣，速度也只能保持在高尚有禮的範圍。腳踏車怎麼可能造成任何傷害？

一個吻喚醒了森林裡的睡美人。

女伯爵白蠟般的手指，聖像般的手指，翻出那張叫做情侶的牌。從沒有，以前從沒有過……女伯爵從不曾為自己排出與愛相關的命運。她發抖，打顫，閉上那雙大眼，細小血管隱約可見的薄薄眼瞼緊張顫動。這一次，第一次，美麗的紙牌卜卦師發給了自己一手愛與死的牌。

不管他是活還是死
我要磨碎他骨頭做麵包吃。

夜晚將至，天色泛紫褐，英國紳士正奮力騎上山坡，前往他大老遠瞥見的那座村莊。路太陡了沒法騎，他得下車用推的。他希望能找到一家友善的客棧投宿，他又熱、又餓、又渴、又累、又灰頭土臉……起初他大失所望，看見村裡所有小屋的屋頂都已坍垮，一堆堆掉落的磚瓦間長滿長草，窗扇孤伶伶掛在鉸鍊上。這地方完全沒人住，而且臭烘烘的植物低語著，彷彿講述醜惡的秘密，在這裡，如果夠有想像力，你幾乎可以看見傾圮屋簷下偶爾閃現扭曲的臉……但來到此處的冒險感，加上雜亂花園裡仍勇敢綻放鮮豔奪目色彩、給予他安慰的蜀葵，再加上火般的夕陽，這一切很快就抵銷了失望，甚至平撫了他先前感覺的些微不安。此外，以前村中婦女用來洗衣的泉水仍湧出閃亮清流，他感激地洗了雙腳雙手，將嘴湊近出水口啜飲，然後讓冰冷泉水流過全臉。

喝飽後，他抬起滴著水的頭，看見廣場上他身旁靜悄悄多了一名老婦，朝他露出熱切甚至是殷懇的微笑。她身穿黑衣白圍裙，腰間繫著管家的鑰匙環，灰髮整齊梳成一個髻，戴著這地區年長女性的白色亞麻頭巾。她朝年輕男子行禮，招手示意他來，他一時遲疑，她便指向上方那棟正面俯逼村莊的龐然大宅，揉揉肚子，指指嘴，再揉揉肚子，顯然表示邀請他吃晚餐。然後她再度招手，這回隨即堅定轉身邁開步，似乎不容他再推辭。

他們一離開村莊，迎面便撲來濃郁、厚重、醉人的紅玫瑰香，讓他一陣陶然暈眩，那帶有淡淡腐敗氣息的豐郁甜美猛地襲來，強烈得幾乎足以將他擊倒。太多玫瑰。太多玫瑰開放在夾徑的巨大樹叢，樹叢滿是尖刺，而玫瑰花本身看來幾乎太過奢華，大量群集的絲絨花瓣不知怎麼多得有點猥褻，層層捲捲、緊緊含苞的花蕾帶著放肆的暗示。從這片叢林中，大宅好不容易露出臉來。

在西下夕陽揮之不去的微妙餘暉中，在那對剛結束的一日充滿懷念的金色光線下，這房子一副嚴肅面容，半是豪華宅邸、半是加蓋防禦工事的農舍，巨大而四處蔓延，像高居危崖的失修鷹巢俯視下方隨侍蜿蜒的村落，讓他想起小時候冬夜聽的故事就是發生在這樣的地方：他和兄弟姊妹用那些鬼故事自己把自己嚇得半死，上樓睡覺時還得點蠟燭照亮那突然變得很可怕的樓梯。他幾乎後悔接受了醜老太婆無言的邀請，但此刻站在那遭時間侵蝕的橡木門前，看她從腰上叮叮噹噹的鑰匙中選出一把鐵打的大鑰匙，他知道現在回頭已經太晚，便沒好氣地提醒自己他現在已經不是小孩了，不該被自己的胡思亂想嚇到。

老太太開鎖，推門，鉸鍊發出戲劇化的吱嘎聲響。她不顧他的抗議，堅持要幫他安頓那輛腳踏車，他的心不禁一沈，看著美麗的兩輪的理性象徵消失在大宅的幽暗內部，一定是被推到一旁某間潮濕的茅房，沒人替它上油或檢查輪胎。但是既來之，則安之——帶著他的青春、力量與金髮碧眼的美，帶著他看不見、甚至不曾意識到的童貞的五芒星，年輕男人踏進了諾斯法拉杜城堡的門檻，從無光的山洞般內部猛然撲來的冷空氣彷彿出自墓穴，卻也未能使他打寒噤。

老太婆將他帶進一間小房，內有黑色橡木桌鋪著乾淨白布，上面仔細擺滿沈重的銀餐具，餐具的銀有點變色，彷彿某個口臭很重的人朝它們呼氣。桌上只有一份餐具。愈來愈奇妙了[4]：他被請來城堡用餐，現在卻要一個人進食。但他還是依她吩咐坐下。儘管屋外還沒天黑，屋裡的窗簾卻都緊緊拉上，只有獨獨一盞油燈的暗淡光線照出他周遭的慘澹環境。老太婆忙裡忙外，從一個蟲蛀的橡木古董櫃取出一瓶葡萄酒和一只酒杯；他饒有興味地啜飲著酒，她消失片刻，隨即端來一盤冒著熱氣的食物，盤中是加了香料的當地燉肉與餃子，加上一截黑麵包。騎了一整天車，他飢腸轆轆，便胃口大開地吃起來，還用剩下的麵包將盤中醬料擦吸得一乾二淨，但這粗糙食物與他原先預期的貴族招待相差甚遠，且啞婦看他吃東西時的那副品頭論足眼神也令他不解。

但他一吃完第一盤，她便衝去又給他端來第二盤，態度看來那麼友善又幫忙，而且他知道晚飯後還必定可在城堡借宿一夜，便嚴厲責備自己太孩子氣，對這安靜得怪異、潮濕又陰冷的地方不夠熱中。

他吃完第二盤後，老婦來了，比手勢示意他起身離桌，再度跟她走。她做了

4.〔Curiouser and curiouser，語出《愛麗絲夢遊仙境》。〕

個喝東西的動作，他推想這是邀請他到另一間房，與家裡身份較高的成員共進餐後咖啡，對方先前雖不想一起用餐，但還是想認識他一下。這顯然是一項殊榮，他調正領帶，拍乾淨粗呢外套上的麵包屑，以示對主人的尊敬。

他很驚訝地發現屋內毀壞得這麼嚴重——蛛網，蟲蛀的樑柱，牆上崩落的石灰；但老啞婆提著燈，步履堅定地帶他穿過無盡的走廊，走上盤旋的樓梯，穿過掛著家族畫像的畫廊，他們經過時畫像的眼睛短短閃了一下，而那些畫像的臉，他注意到，全都具有一種令人難忘的獸性。最後她在一扇門前停步，他聽見門後傳來一聲輕輕瑲琅，彷彿大鍵琴彈了一個和弦；接著美妙的雲雀鳴聲流洩而出，在那（儘管他並不知道）茱麗葉的墳墓深處為他帶來早晨般的清新。

老太婆伸手敲門，門內回應的是他這輩子聽過最充滿誘惑愛撫的聲音，以口音很重的法文——這是羅馬尼亞貴族的第二語言——輕聲喚道：「請進。」

起初他只看見一個人形，充滿模糊的黃色微光，因為那人形承受並反映暗淡房裡僅有的光線。人形逐漸清晰，竟然一身蕾絲白綢蓬蓬圓裙，已經過時五六十年，但顯然曾是新娘禮服。然後他看見穿那套禮服的女孩，纖弱得宛如飛蛾的軀殼，那麼細瘦，那麼孱弱，那身禮服看來似乎毫無支撐地兀自懸在濕悶空氣中，一襲借來的神奇外衣，一件自我表達的服裝，她活在其中就像機器裡的鬼魂。房裡僅有的燈光來自遠端壁爐架，一盞厚厚綠燈罩的油燈燃著小火，帶他來的老太婆還用手擋住提燈，彷彿要保護女主人，讓她不會突然看見他，或者讓來客不會突然看見她。

就這樣，他眼睛逐漸適應了房中的半黑暗，一點一點看出這穿著俗麗服裝的稻草人多麼美麗，又多麼年輕，讓他聯想到穿母親衣裳的小孩，也許是穿起亡母的衣裳好讓她再度活轉過來，不管為時多麼短暫。

女伯爵站在一張矮桌後，旁邊是一只漂亮傻氣的鍍金鐵絲鳥籠；她雙手伸出，姿態失神幾乎像在逃躲，看來彷彿被他們嚇了一跳，彷彿不是她自己應聲讓他們進房。她臉孔蒼白全無血色，美麗而死氣，披著直洩而下彷彿濕淋淋的黑色長髮，像個遭遇船難的新娘。那雙又大又黑的眼睛帶著流浪動物的迷失神色，幾乎使他心碎，然而那張豐厚出奇的嘴卻令他不安得幾乎反感，厚唇又寬又鼓，顏色是鮮明的泛紫猩紅。這是一張病態的嘴，甚至——但他立刻揮去這念頭——是一張娼妓的嘴。她一直打著冷顫，一種飢餓消瘦的寒噤，一種深入骨髓的瘧疾般疾病。他心想她一定只有十六七歲，不可能更大，帶有肺癆病人那種狂亂、不健康的美。她便是這整座毀壞城堡的女主人。

老太婆做了好一番溫柔的預防措施，才舉起提燈讓女主人看見來客的臉。這時女伯爵發出一聲微弱尖細的叫喊，盲目驚駭地亂揮雙手，彷彿要將他推開，同時撞到桌子，一副繪有圖片的牌如蝴蝶翩飛落地。她的嘴是苦痛的圓圓O形，身軀略微搖晃，跌坐回椅子上，倒在那裡彷彿無法動彈。一見面就這樣真令人不解。老太婆自顧自嘖舌，在桌子四周找來找去，最後找到一副非常大的深綠墨鏡，就像瞎眼乞丐戴的那種，然後將墨鏡戴在女伯爵鼻梁上。

他上前幫她撿起牌，卻驚訝看見地毯有些地方爛掉了、有些地方長滿各種看來充滿毒性的蕈類。他撿起牌隨手一洗，因為那些牌對他毫無意義，儘管年輕少女玩這東西似乎很不尋常。真可怕的圖片，竟是一具蹦蹦跳跳的白骨！他用另一張比較愉快的牌蓋住它——一對年輕情人相顧微笑，然後將這玩具放回她纖細的手上，那隻手的半透明肌膚下得簡直可以看見脆弱的骨骼，指甲又長又尖，像彈斑究琴的撥子。

受到他的碰觸，她似乎稍微恢復了一點活力，幾乎露出微笑，將自己站直起身。

「咖啡。」她說。「一定要請你喝咖啡。」她一把將牌收攏成一疊，騰出桌上空間，讓老太婆在她面前放下銀酒精燈、銀咖啡壺、奶罐、糖碗、銀托盤上的杯子。在這破敗房內，這份優雅顯得奇怪甚至褪色，而女主人始終散發著光輝，彷彿自有一種病態的、海底般的光芒。

老太婆幫他搬把椅子，無聲偷笑，離開，讓房間又暗了一點。

小姐料理咖啡壺時，他有時間不以為然地觀看房裡滿是污漬的剝落牆壁上的更多畫像，這些醜惡的臉看來全帶著一種熱病似的扭曲瘋狂，每個人都有厚唇和癲狂大眼，與眼前這個近親通婚的不幸受害者相似得令人不安，儘管某份罕見的優雅將那些特徵在她臉上做了如此美麗的變化。她正耐心煮著、濾著芳香四溢的咖啡，唱完歌的雲雀早就沈默下來，除了銀器與瓷器相碰的叮噹聲，一片沈寂。

不久，她朝他遞來一只繪有玫瑰的小杯。

「歡迎。」她說，聲音如大海般澎湃迴盪，彷彿並非來自她靜止的潔白喉頭。「歡迎來到我的城堡。這裡很少有客人，實在很可惜，因為我最喜歡結識陌生人……村子荒廢之後這裡好寂寞，我唯一的同伴，唉，卻又不會說話。我通常也都很沈默，我覺得自己好像很快也會忘記怎麼說話，這裡就再也不會有人開口了。」

她從一只里莫日瓷盤拿起一枚糖餅請他吃，指甲敲得那古董盤發出排鐘般一列音階。她的聲音來自那雙不動的紅唇，像花園中那些肥滿玫瑰的紅唇——她的聲音聽來奇異，彷彿沒有實體；他心想，她就像個人偶，腹語師的人偶，或者更像一具精巧之至的發條裝置。她的不足動力似乎來自某種她無法控制的緩慢能量，彷彿發條在多年前她出生時上緊，現在不斷愈來愈鬆，最後她會毫無生氣。他覺得她好像一具自動機械，包覆白天鵝絨與黑毛皮，無法依自己意志行動；這感覺始終存在，事實上深深觸動他的心。那件白禮服的嘉年華會氣息更加強了她虛幻不實的感覺，像個悲傷的可倫萍[5]好久以前在樹林裡迷了路，始終沒走到嘉年華會。

「還有這燈光。我必須向您道歉，燈光這麼暗……遺傳的眼疾……」

她的盲目鏡片雙重反映出他的英俊臉孔，如果她直接看他，他會像那禁止接觸的陽光照得她睜不開眼，將她立刻化為一團皺縮，可憐的夜行鳥，可憐的掠食屠戮鳥。

您將是我的獵物。

您的喉嚨真漂亮，先生，像大理石柱。當你走進我房間，全身披滿我一無所知的夏日金光，那張叫做「情侶」的牌剛從我面前眾多交錯意象中浮現；你彷彿從那張牌走進我的黑暗，一時之間，我以為，你或許會將那黑暗照亮。

我無意傷害你。我會穿著我的新娘禮服，在黑暗裡等你。

新郎已經來到，將會走進為他準備的房間。

我受了詛咒，只能在黑暗中孤獨；我無意傷害你。

5.〔參見〈穿靴貓〉註5.。〕

我會非常溫柔。

（而愛是否能將我從陰影中解放？鳥是只能唱牠知道的那首歌，還是可以學會新曲？）

你看，我已為你準備好了。我一直都在為你準備，一直都穿著新娘禮服等你，你為什麼這麼久才來……一切都會很快結束。

你將不會感到痛苦，我親愛的。

她本身便是一幢鬼屋，不歸自己擁有，祖先有時會來，從她的眼睛之窗朝外看，那感覺非常嚇人。她具有曖昧模稜的神秘孤獨，盤旋在生與死之間的無人地帶，在長滿尖刺的花籬內入睡、醒來，諾斯法拉杜的鮮血花蕾。牆上的獸性祖先詛咒了她，她永遠只能重複他們的激情。

（然而一個吻，獨獨一個吻，喚醒了森林裡的睡美人。）

緊張地，為了遮掩她內在的眾多聲音，她用法文進行無關緊要的閒聊，而祖先在牆上做著鄙夷鬼臉；無論她如何努力思索，想找出其他方式，她都只知道一種兩人合一的方法。

他再度驚異注意到她美妙雙手上的掠食者般鳥爪。從他把頭伸在那湧泉之下、從他進入這座致命城堡的深暗大門開始，心中就有種奇怪的感覺逐漸擴散，現在更完全湧上。如果他是貓，他會恐懼得四腿僵硬，從她的手爪旁跳開，但他不是貓，他是英雄。

他對眼前所見的一切有種基本的不信任，即使在諾斯法拉杜女伯爵本人的起居室裡亦然。就是這份不信任支持著他，他或許會說，某些事情就算是真的，我們也不該相信有此可能；他或許會說，相信眼睛所見是愚蠢的。他並非不相信她的存在：他看得見她，她是真實的，如果她取下墨鏡，那雙眼睛會流洩出充滿於這片吸血鬼肆虐之地的種種意象，但由於他的童貞——他還不知道有什麼需要恐懼——他對陰影免疫，而由於喜歡陽光的英雄性格，他只看見面前是一個近親通婚的產物，一個精神極度緊繃的小女孩，沒有父母，關在黑暗的房裡太久，蒼白得像從未接觸光線的植物，因某種遺傳疾病雙眼半盲。儘管他覺得不安，但他感覺不到怖懼，於是便像童話裡那個不懂怎麼發抖的男孩，不管任何鬼魂、食屍妖、怪獸、甚至惡魔親自率領手下前來，都無法讓他害怕。

正是缺乏想像力，使英雄具有英雄性格。

他將在戰壕裡學會發抖，但這女孩無法讓他發抖。

現在天色已暗，緊閉的窗外有蝙蝠飛舞吱叫。咖啡喝光了，糖餅也吃完了，她的閒聊逐漸乾涸見底，她扭絞手指，揪扯禮服上的蕾絲，在椅子裡緊張地欠動身體。貓頭鷹發出尖叫，她處境的累贅在我們四周嘰呱吱叫。如今你身在一切灰飛煙滅之處，如今你身在一切灰飛煙滅之處。她轉頭迴避他眼睛的藍光，除了她能提供的那種方法，她不知道任何其他兩人合一的方式。她已經三天沒吃飯。晚餐時間到了。上床時間到了。

請跟我來。

我等著您。

您將是我的獵物。

烏鴉在受詛咒的屋頂上呱叫。「晚餐時間，晚餐時間。」牆上畫像吵道。一股可怕的飢餓啃噬她的內裡，她一輩子都在等他卻不自知。

英俊的單車騎士會隨她進入臥房，簡直不敢相信自己這麼走運。她祭壇四周的蠟燭燃燒著明澈小火，光線照見縫在牆上的銀色淚珠。她會以充滿誘惑的聲音向他保證：「我的衣服就要脫落了，你眼前會看到一連串神秘奧妙。」

她沒有可以用來親吻的嘴，沒有可以用來愛撫的手，只有掠食野獸的尖牙利爪。只要你碰觸冷涼燭光中那具散發礦物光輝的肉體，便是邀請她對你做出致命擁抱，聽她低沈甜美的聲音對你呢喃諾斯法拉杜之宅的催眠曲。

擁抱，親吻，你的一頭金髮像獅鬃，儘管我從沒見過獅子，只見過想像中的陽光之獅，也儘管我唯一見過的陽光是塔羅牌上的圖畫。你一頭情人的金髮，我曾夢想將釋放我獲得自由的情人，這顆頭會向後仰去，雙眼翻白，在一陣你誤以為是愛而非死的痙攣之中。在我那顛倒的婚床上，流血的是新郎。赤裸裸，死透透，可憐的單車騎士，他付出了與女伯爵共度一夜的代價，有些人認為太高，有些人則不。

明天，管家會把他的屍骨埋在她的玫瑰下。是這些食物讓她的玫瑰有絲絨的色彩，令人發暈的氣味，散發出禁忌樂趣的淫逸氣息。

請跟我來。

「請跟我來！」

英俊的單車騎士為女主人的健康和神智擔憂，小心翼翼跟著神態歇斯底里、不由分說的她走進另一間房。他真想抱她入懷，保護她不受牆上獰笑的祖先危害。

這房間真病態！

他的長官上校是久經風月的老色鬼，曾給過他一張巴黎妓院的名片；他保證，在那裡只要花十個路易就可以買到這樣一間傷感過火的房間，房裡有個女孩赤身裸體躺在棺材上，看不見的角落有妓院的鋼琴手用風琴彈奏《最後審判日》，在那充滿防腐室氣味的房間，顧客便可以在假裝的屍體上發洩戀屍癖。當時他和氣地拒絕了老頭這項啟蒙建議，現在他又怎麼能可恥地佔這個病弱女孩的便宜，她的手爪乾枯如骨、高燒般發熱，那雙眼睛充滿怖懼、悲哀、可怕而壓抑的溫柔，否決了她身體所承諾的一切情慾享受？

如此纖細，又如此受到詛咒，可憐的孩子。受到詛咒。

但我相信她幾乎不知道自己在做什麼。

她抖得好厲害，彷彿四肢接合得不完整，彷彿她會抖散成碎片。她伸手解開禮服領口，眼裡噙滿了淚，淚水滑出墨鏡邊緣。她得先拿下墨鏡才能脫掉母親的新娘禮服，她把儀式搞亂了，這下它不再是無可挽回。現在她內在的發條裝置失靈了，偏偏在她最需要它的時候。她拿下墨鏡，墨鏡從手中滑落，在磚地上摔成碎片。她這場戲劇沒有臨場發揮的空間，而這出乎意料的、平常之至的打破玻璃聲完全打破了房中的邪惡咒語。她視而不見地瞪著地上的碎片，一手握拳徒勞抹著臉上的淚。現在她該怎麼辦？

她跪下撿拾玻璃碎片，一片尖銳的碎玻璃深深刺進她大拇指，她痛呼出聲，聲音響亮真實。她跪在玻璃碎片間，看一滴鮮紅血珠滴落。她從沒見過自己的血，這讓她驚迷不已。

在這充滿醜惡殺孽的房間，英俊的單車騎士帶來了育兒室那種天真無辜的解藥；他自身，他的來臨，就是一種驅魔。他輕柔拉過她的手，用自己的手帕擦去血跡，但血仍然在流，於是他將嘴湊上傷口。他要用一個吻讓傷口不痛，就像母親——如果她母親仍在世的話——疼哄小孩那樣。牆上的銀色淚珠盡皆掉落，發出微弱玎玲聲。她畫像中的祖先轉開眼神，緊咬利牙。

她怎能承受變成凡人的痛苦？

結束放逐，便是結束存在。

他被雲雀的歌聲喚醒。所有窗扇、窗簾、甚至這間悶透的臥房封緘已久的窗子全都大開，任光線和空氣流洩而入。現在你可以看見一切都那麼俗豔，絲綢又薄又廉價，靈柩台的質料不是烏木，而是塗黑的紙架在木棍上，就像舞台布景。風從房外吹進大把大把玫瑰花瓣，猩紅落英在地板上芬芳旋繞。蠟燭燒盡了，她一定是放了那隻雲雀，因為牠此刻棲息在那具蠢棺材上對他唱著狂喜的晨曲。他全身骨頭又僵又痛，昨晚他抱她上床之後自己便躺在地上睡了，把外套捲成一團當枕頭。

但現在她到處不見蹤影，只有綴亂的黑綢床單上拋著一件輕盈的蕾絲睡衣，上面些許血跡彷彿沾了女人的經血，還有一朵玫瑰，一定是從窗外搖曳的茂盛凶猛樹叢裡摘下。空氣充滿焚香和玫瑰的味道，嗆得他直咳嗽。女伯爵一定是起了個大早去享受陽光，悄悄溜到院裡為他摘來一朵玫瑰。他站起身，哄那隻雲雀站上他手腕，將牠帶到窗邊。起初，牠顯現出被關太久的鳥對天空的遲疑猶豫，但當他將牠拋向流動的空氣，牠便展開翅膀高高飛進蔚藍蒼穹，他看著牠飛翔，心中充滿雀躍喜悅。

然後他走進起居室，滿腦袋計畫。我要帶她去蘇黎世看醫生，治療她的歇斯底里緊張症；然後請眼科專家治療她的畏光，然後找牙科醫師把她牙齒形狀修整得好一點；至於她的指爪，任何像樣的指甲美容師都能處理。我要把她變成不負她美貌的漂亮女孩，我要治好她所有的夢魘。

沈重窗簾拉開，清晨的明亮陽光如砲火射入。在寂寥的起居室，她身穿白禮服坐在圓桌旁睡著了，面前排列著那副顯示命運的牌，牌被摸弄翻洗過太多次，變得太髒，畫面也磨損得太厲害，再也看不清每一張的圖案。

她並非在睡覺。

死去的她看來老得多，比較不美麗，也因此首度顯得完全人性。

我會消失在早晨的陽光中，我只是黑夜的發明。

我留給你一份紀念，是我從雙腿間摘下的深暗帶刺玫瑰，就像放在墳前的花朵。放在墳前。

我的管家會處理一切。

諾斯法拉杜總是參加自己的葬禮，她前往墳場的路上不會獨自一人。此刻老太婆哭著出現，不客氣地比手勢趕他走。在幾間臭氣沖天的茅房搜尋一陣，他找到了腳踏車，接著便放棄休假，一路直騎回布加勒斯特，在郵局代收信件的窗口接到一份命他立刻歸營報到的電報。好一段時間之後，他在軍營自己房裡換上制服，發現女伯爵的玫瑰還在身上，一定是他發現她屍體時將花插在騎車外套的胸前口袋。奇異的是，儘管他大老遠將花從羅馬尼亞帶來，它卻似乎沒有完全枯死。一時衝動之下，因為那女孩那麼美麗，她的死又是那麼意外而可悲，他決定試著救活她的玫瑰，用衣櫥上的玻璃水壺注滿漱口杯，把玫瑰丟進去，讓它凋萎的頭漂浮在水面。

那天晚上，當他從食堂回來，諾斯法拉杜伯爵玫瑰的濃重芬芳沿著軍營的石牆走道飄迎向他，他簡樸之至的房間充滿令人昏暈的氣息，來自一朵發亮的、天鵝絨般的、怪獸似的花朵，花瓣全都恢復了原先的盛開嬌嫩，恢復了腐敗、鮮豔、悽愴的燦爛。

翌日，他的軍團便開拔前往法國。

狼人

這裡是北地；天氣冷，人心冷。

寒冷，風暴，森林裡的野獸。生活很艱難。房舍以原木搭建，屋內陰暗，煙霧瀰漫。忽明忽滅的蠟燭供奉粗糙的聖母像，一條鹽醃豬腿掛在角落，一串風乾蘑菇，一床，一凳，一桌。生活艱苦、短暫、貧窮。

對這些高地林區居民而言，魔鬼就同你我一樣真實，甚至更為真實；他們沒見過我們，根本不知道我們存在，但魔鬼他們可常在墳場瞥見。在那些淒涼感人的死者城鎮，墳墓飾以原始樸素的往生者畫像，墳前不放花，因為那裡不長花，放的是微薄供品，幾小截麵包，有時一個蛋糕，會有熊搖搖擺擺走出森林邊緣扒去吃。尤其是女巫狂歡夜的午夜時分，惡魔在墳場野餐，邀請女巫參加，然後挖出新鮮屍體吃掉。任誰都會這樣告訴你。

門上掛幾串大蒜可抵擋吸血鬼。聖約翰節[1]前夕腳先頭後出生的藍眼孩子將有陰陽眼。如果發現女巫——某個老婦的乳酪熟成了而鄰居的卻沒，或某個老婦有隻黑貓，哦，真是邪門！居然成天跟在她身邊——他們會脫光那老太婆的衣服，在她身上尋找標記，那個供魔寵吸食的多餘乳頭[2]。不久便會找到。然後將她亂石砸死。

冬季，天寒地凍。

去看看生病的外婆，把爐台上我替她烤的那些燕麥餅帶去，還有一小罐奶油。

乖小孩照母親吩咐的去做——要穿過森林走上五哩。沿著小路走，別亂跑，到處都有熊、有野豬、有餓狼。來，把妳父親的獵刀帶上，妳知道怎麼用。

小女孩身穿破舊羊皮外套禦寒，她對森林太了解，不會害怕，但仍須時時保持警戒。當她聽見令人膽寒的狼嗥，立刻丟下禮物抓起刀，轉身面對來獸。

那狼體型巨大，一雙紅眼，灰毛大嘴淌著口水；若不是山區居民的孩子，光看到牠恐怕就會活活嚇死。牠依狼的習性撲向她喉嚨，但她手持父親的刀狠狠一揮，便砍斷牠右前腳。

牠喉頭悶嗚一聲，幾乎像是哭喊；狼的勇敢一般只是虛張聲勢。她看見牠可憐兮兮跑進森林，盡三條腿的可能努力跑快，一路留下血跡。小女孩把刀在圍裙上擦乾淨，拿母親原先包燕麥餅的布裹起狼掌，繼續朝外婆家前進。不久下起大雪，小路和任何原有的足跡、蹄印、獸蹤都變得模糊不清。

她發現外婆病得很厲害，躺在床上昏沈沈時睡時醒，又呻吟又發抖。小女孩猜想她發燒了，摸摸額頭果然滾燙，於是從提籃取出布，打算沾水浸濕給外婆冷敷，這時狼掌掉在地上。

1.〔St. John's Eve，六月二十三日晚上。與異教傳統的夏至節慶有關，後結合基督教文化，訂六月二十四日為聖約翰節。〕

2.〔中古世紀迷信，女巫皆飼有妖異小鬼供其差遣，稱為魔寵(familiar)，通常以「邪惡」動物的形體出現，如黑貓。人們並相信女巫身上長有多餘的乳頭供魔寵吸食，所謂第三只乳頭是當時判定女巫「罪證確鑿」的常見且重要因素。〕

但那已經不是狼掌，而是一隻齊腕砍斷的手，因操勞而粗糙，長有老人斑，中指戴著婚戒，食指上有個疣。看到那疣，她便認出這是外婆的手。

她掀起被單，這時老婦醒了，拚命掙扎，啞聲尖叫彷彿遭魔鬼附身。但小女孩身強體健，手上又有父親的獵刀，終於把外婆按住得夠久，足以看清她發燒的原因：她右手如今只剩血肉模糊的殘肢，已經開始發炎。

小女孩往身上劃十字，大聲喊叫，鄰人聽見了匆匆趕來。一看到手上的疣，他們立刻知道那是女巫的乳頭，於是用棍棒將衣衫單薄的老婦趕出屋外，在雪地上一路追打那身老骨頭至森林邊緣，然後石頭一陣亂砸，直到她倒地死去。

現在小女孩住在外婆的房子裡，過得很好。

與狼為伴

一種獸，獨獨一種，夜裡在林中嗥叫。

狼是不折不扣的肉食野獸，兇狠又狡猾，一旦嘗過肉味，其他食物就再也滿足不了牠。

夜裡，狼群的眼睛像燭火，發黃發紅，但這是因為狼眼在黑暗中會睜得更大，反射你手上提燈的光線——紅色代表危險；如果狼眼反映的只有月光，那麼便呈現一種不自然的冷綠，一種有穿透力的礦物色彩。夜行旅人若突然看見這些放光的可怕亮片綴綴在黑色灌木叢中，便該拔腿就跑，如果他沒有嚇得呆若木雞。

但除了眼睛你也看不見牠們其他部位，若你不明智地太晚還走在樹林裡，滿身人肉味引得這些來無影去無蹤的森林殺手團團圍繞住你。牠們像影子，像幽靈，一群灰色的夢魘。聽！那抖顫的長嘷……是化為有聲恐懼的詠歎調。

狼嘷之歌是你即將被撕裂的聲音，本身就是一種殺戮。

時值冬季，天寒地凍，在這森林山區，狼無食可覓。羊都關進棚欄，鹿到南邊山坡尋找殘存青草，狼變得又瘦又飢，身上幾乎沒有肉，你簡直可以隔著毛皮數出肋骨，如果牠們撲向你之前給你時間數的話。下巴流著口水，舌頭伸垂在外，灰毛大嘴上一層白霜似的唾沫——森林夜色中充滿各式各樣危險，有鬼魂，有妖魔，有食人怪獸把嬰兒放在烤架上烤，有女巫將抓來的人關在籠裡養肥了再宰，但狼是最可怕的，因為牠不會聽你講理。

在杳無人跡的森林，你永遠身處險境。踏進高大松樹間的門戶，四周全是糾結蓬亂枝枒，旅人一不小心便會受困，彷彿連植物都跟住在此處的狼群陰謀合作，彷彿這些邪惡的樹替朋友釣魚——踏進森林的大門，你必須無比戒慎，步步小心，因為只要稍離開路徑片刻，狼群便會吃掉你。牠們灰色一如饑饉，無情一如瘟疫。

附近稀疏村落的居民養山羊，生產發酸羊奶和餿臭生蛆乳酪供家中食用；那些灰眼孩童放羊時總是隨身帶刀，刀足有他們半人高，刀刃每天磨得鋒利。

但狼群自有辦法來到你家門口。我們盡一切努力，但有時還是防不勝防。每一個冬夜，小屋居民都深怕看見又瘦又飢的灰色口鼻在門下探聞，有個女人在自家廚房瀝乾通心粉時還曾被咬。

狼是你該恐懼逃離的對象。更糟的是，有時狼不只是狼而已。

從前，這附近有個獵人設陷阱抓到一頭狼。那狼大肆獵殺羊群，吃掉一個獨居半山腰、整天對耶穌唱歌的瘋老頭，還曾撲倒一個看羊的女孩，不過女孩大叫大喊，引來了手持來福槍的男人把牠趕跑，那些人試著追回牠森林裡的巢穴，但牠聰明狡猾，輕易擺脫他們。於是這獵人挖個洞，裡面放隻活蹦亂跳的鴨子當餌，再用抹了狼糞的稻草蓋住洞口。鴨子呱呱直叫，一頭狼悄悄潛出森林。這狼又大又沈，足有成年男子那麼重，稻草被牠一踩就塌，牠跌入洞裡；獵人立刻跟著跳進去，割斷牠的喉嚨，四隻腳全砍下來當戰利品。

然後獵人面前的狼不見了，只剩一具血淋淋的人類軀體，沒有頭，沒有腳，奄奄一息，死去。

以前山上有個女巫，曾把一場婚宴的賓主全變成狼，因為新郎移情別戀。她餘恨未消，又令狼群夜裡前來，牠們便圍坐在她小屋外，用自己的悲苦為她譜唱小夜曲。

不算太久以前，我們村裡一個年輕女子結了婚，丈夫卻在新婚之夜消失得無影無蹤。新娘躺在鋪著新床單的床上，新郎說要出去小解，堅持要去屋外，說這樣比較有禮貌，於是新娘把被單拉到下巴躺在那兒等，等了又等——他怎麼去這麼久？最後聽見風中傳來森林狼嘷，她從床上驚跳起來，失聲尖叫。

那拖長、抖顫的響亮嘷叫雖然令人生畏，卻也帶著某種揮不去的悲哀，彷彿那些野獸也很想不那麼野獸，但身不由己，只能永遠哀嘆自己的處境。狼群之歌無比哀愁，廣袤如森林，漫長如冬夜，然而那淒楚的悲哀、那對牠們自己不知饜足的食慾的哀嘆永遠無法打動人心，因為其中毫無救贖的可能。上天恩惠無法從狼自身的絕望中產生，只能透過外在中介而來，因此有時那獸似乎也有些歡迎那終結牠生命的刀鋒。

年輕女子的兄弟們在茅房和稻草堆裡到處找，但始終沒找到任何殘骸，於是明理的女孩擦乾眼淚，另找一個不會不好意思朝室內尿壺撒尿、夜裡都待在家的丈夫，為他生了兩個瘦巴巴的小孩，一切都很順利，直到某個滴水成冰的寒夜。那一夜是冬至，是一年時節轉換的樞紐鉸鍊，事物運轉咬合得不如平常精確；在那最長的一夜，她的第一任丈夫回家來了。

她正替孩子們的父親煮湯，有人砰砰敲門，她一拉開門閂便認出他，儘管她為他服喪已經是好幾年前的事。此刻他衣衫襤褸，不曾梳理、爬滿頭蝨的亂髮長長披在背後。

「我回來了，太太。」他說。「趕快把我的包心菜湯端上來。」

然後第二任丈夫拿著柴火回來，第一任看見她跟別的男人睡過了，更糟的是，那雙紅眼還瞥見兩個爬進廚房來看這陣吵鬧是怎麼回事的小孩。他咆哮道：「真希望我變回狼，好給這蕩婦一番教訓！」就這樣，他當場變成狼，咬斷他們大兒子的左腳，然後被他們用劈柴的斧頭砍死。但當狼流血倒地奄奄一息時，毛皮又消失了，他恢復成多年前的模樣，就像逃離新婚之床那時一樣，於是她哭了，還因此被第二任丈夫打。

人家說，惡魔有種藥膏，一抹上身就會變成狼。又說，狼人是公狼的孩子，出生時腳先頭後，軀幹是人，但腿和生殖器官是狼，還有一顆狼心。

狼人的自然期限是七年，但若燒掉狼人的衣服，他這輩子便永遠困於狼性，因此這一帶的鄉野傳說認為朝狼人丟個帽子或圍裙會有點保護功效，彷彿人果然要靠衣裝。但只要看到那雙閃著燐光的眼睛，不管他是什麼形體你都認得出來，唯一不受變形影響的就是眼睛。

變狼之前，狼人會剝去全身衣物。若你在松林裡無意瞥見一個赤裸男人，就死命快逃吧，彷彿背後有鬼追你那樣。

*

時值隆冬，與人為友的知更鳥棲在墾園用的鏟子把手上鳴唱。這是一年裡狼最難熬的時節，但有個性子很強的孩子堅持要穿過樹林。她相當確定野獸傷不了她，不過在大家警告之下還是帶把切肉刀放進提籃，籃裡有她母親裝滿的乳酪，一瓶用懸鉤子蒸餾製成的辛澀烈酒，一疊在爐台上烤熟的燕麥餅，還有一兩罐果醬。女孩要把這些美味禮物送去給獨居孤僻的外婆，她已經好老好老，光是歲數的重量就快把她壓死了。要到外婆住的地方，得在這片冬季森林裡走上兩小時；小女孩把厚厚披肩圍裹在身上、蓋住頭，穿上結實的木靴，這就準備出發。今天是聖誕夜，不懷好意的冬至之門仍在鉸鍊上搖擺不定，但她向來受到眾多關愛，根本不覺得害怕。

在這蠻荒國度，孩子的童稚之心保持不了多久，他們沒有玩具可玩，只能賣力工作，並因此變得明智。但這個小女孩長得漂亮，又是家中老么，跟前面兄姊的年齡差距頗大，於是母親和外婆一直都很寵她。她這件披肩就是外婆織的，今天看來紅得有如雪地上的血跡，雖鮮豔但也有些不祥。她的乳房剛開始發育，淺金頭髮細柔如棉屑，顏色淡得幾乎不會在她蒼白前額留下影子，臉頰白裡透紅，女人的血也剛開始流，如今她體內那時鐘將每月敲響一次。

不管是靜是動，她全身都籠罩在無形的童貞五芒星中。她是沒敲破的蛋，是封緘的容器，體內有一處神奇空間，其入口用一片薄膜緊緊塞住。她是個封閉的系統，她不知道顫抖為何物，她帶著刀，什麼也不怕。

如果父親在家，可能會阻止她出門，但他此時在森林裡撿柴，母親拗不過她。

森林籠蓋住她，像一雙爪子。

森林裡總有東西可看，連隆冬也不例外——鳥們縮擠成一團團小丘，屈服於滯鈍昏睡的季節，蹲在吱嘎響的樹枝上，愁眉苦臉無心鳴唱；斑斑點點的樹幹上，長著冬季蕈類色彩鮮豔的傘褶；兔和鹿有如楔形文字的足跡，鳥兒一排箭頭般的爪痕，瘦如一條培根的野兔竄過小徑，小徑上一叢叢去年的紅棕地衣被稀薄陽光照得光影斑駁。當她聽見令人膽寒的狼嗥，一手立刻熟練地握住刀柄，但卻四處不見狼的蹤影，也沒有赤裸男人。不過接著她便聽見灌木叢中傳來聲響，跳出一個衣著整齊的男人，一個非常英俊的年輕男人，穿戴獵人的綠外套和闊邊呢帽，拎一大串禽鳥屍體。小樹枝稍有窸窣，她手立刻握住刀，但他一看見她就笑了，露出一口白牙，朝她打趣但也殷勤地鞠了一小躬。她從沒見過這麼俊俏的男子，村裡全是些粗陋的呆頭鵝。於是兩人並肩同行，穿過午後愈來愈暗沈的天光。

沒過多久他們就有說有笑，活像多年舊識。他自告奮勇替她提籃，她便把籃子交給他，儘管刀還在裡面，因為他說他的來福槍可以保護他們。天色漸暗，雪又開始下了，起初幾片落在她睫毛上；但現在只剩半哩路，等到了外婆家，就有火可烤，有熱茶可喝，有溫暖的歡迎在等待她和帥氣有勁的獵人。

年輕男子口袋裡有樣稀奇東西，是指南針。她看著他掌心那圓圓玻璃面和晃動指針，感到些許驚奇。他言之鑿鑿對她說，這指南針幫助他安全穿越森林四處打獵，因為指針永遠能精確無比告訴他哪裡是北。她不相信，她知道穿過森林時絕不可偏離這條小徑，否則立刻就會迷路。他又笑了，白牙上有唾液閃閃發亮。他說，如果他離開小徑直接穿過森林，一定能比她整整早一刻鐘到外婆家，不像她得沿著曲折小徑繞遠路。

我才不信，而且，你難道不怕狼？

他只用手指點點來福槍發亮的槍托，咧嘴一笑。

怎麼樣？他問她。我們來打個賭吧？要是我先到妳外婆家，妳要給我什麼？

你想要什麼？她狡黠地問。

要妳吻我一下。

這是鄉間常見的調情招數，她低下頭，臉紅了。

他穿過叢生草木離去，也帶走了她的提籃，但她忘記要害怕野獸，儘管此刻月亮已逐漸升起。她刻意慢慢走，想確保英俊的紳士贏得賭注。

外婆家離村裡其他房屋有一小段距離。新落的雪被風吹得在菜園裡打轉，年輕男子輕輕巧巧沿著積雪小路走到門口，彷彿不想弄濕雙腳，手裡搖著那串獵物和女孩的提籃，嘴裡輕聲哼歌。

他下巴有一點點血跡，因為先前拿獵物吃了頓點心。

他伸手用指節敲敲門。

外婆又老又孱弱，骨子裡的疼痛向她保證死亡已經不遠，她也已差不多臣服於死亡，就快要完全投降。一小時前，村裡一個男孩來替她生了火，此刻廚房爐火霹霹啪啪燒得好不熱鬧。她是個虔誠的老婦，有聖經為伴。她坐在農舍常見的嵌進牆裡的床上，背後墊了好幾個枕頭，身上裹著婚前自己縫的百衲被，那已是不知多少年前的事了。火爐兩旁各擺一隻瓷狗，是身上有豬肝色斑點的小獵犬，波形瓦鋪著色彩鮮豔的氈子，老爺大鐘滴答滴答數去她來日不多的時光。

好好生活，就是我們把狼擋在門外的方式。

他伸手用多毛的指節敲敲門。

我是妳外孫女啊，他捏起嗓子用女高音說。

撥開門閂進來吧，親愛的。

妳可以從眼睛認出他們，那是獵食野獸的眼睛，殺戮無情的夜行眼睛，紅得像傷口；妳可以用聖經丟他，再用圍裙丟他，外婆，妳以為這樣對付這些地獄來的妖物一定有用……現在儘管祈求基督和聖母和天堂所有天使來保護妳吧，可是那一點用也沒有。

他野性的大嘴銳利如刀，把那串啃過的金黃雉雞丟在桌上，還有妳親愛孫女的提籃。哦，我的天，你把她怎麼樣了？

偽裝消失了，森林顏色的布外套，帽帶上插羽毛的帽子。他糾結的頭髮披散在白襯衫上，她看見髮裡滿是蝨子。火爐裡木柴滑動，發出嘶嘶聲響。森林夜色進入了廚房，髮間纏繞著黑暗。

他扯下襯衫，皮膚的顏色和質地像上等羊皮紙，肚腹間一道捲捲毛髮向下延伸，乳頭熟暗如毒果，但他瘦得妳簡直可以數出他皮膚下的肋骨，可惜他不給妳那個時間。他脫下長褲，她看見他的腿濃密多毛，生殖器巨大。啊！巨大。

老太太死前看見的最後一幅景象，是一個目光炯炯、赤裸如石的年輕男子走近她的床。

狼是不折不扣的肉食動物。

解決她之後，他舔舔嘴巴，迅速穿好衣服，最後恢復成剛進門的模樣。他把不能吃的頭髮丟進火爐燒掉，骨頭用餐巾包妥藏入床下一口木箱，並取出箱裡的乾淨床單仔細鋪好，原先沾有血跡、會洩漏秘密的床單則塞進洗衣籃。他拍鬆枕頭，抖抖百衲被，撿起地上的聖經合起放在桌上。一切都恢復原狀，只有外婆不見了。木柴在火爐裡偶爾微動，老爺鐘滴答走，年輕男子耐心坐在床旁，戴著外婆的睡帽假扮。

叩叩叩。

誰呀，他用外婆蒼老發抖的假音說。

是妳外孫女啊。

於是她進來了，一小陣雪也跟著吹進來，在地磚上融成一攤淚。看到爐火旁只有外婆一人，她似乎有點失望。但這時他掀開毛毯跳到門邊，背緊緊抵著門，讓她逃不出去。

女孩環視屋內，看到枕頭一片平坦，完全沒有頭靠過的痕跡，而且以往這本聖經從不曾合起放在桌上。鐘響滴答，有如揮鞭。她想拿出提籃裡的刀，但是不敢伸手，因為他眼睛直盯著她——那雙眼此時似乎由內發出獨有光芒，大得像小盤子，裝滿希臘火藥的小盤子，妖魔般的燐光。

你的眼睛真大呀。

這樣才好把妳看得更清楚。

四下全無老婦的痕跡，只有一根沒燒到的木柴樹皮上夾了一撮白髮。女孩看見了，心知自己有生命危險。

我外婆呢？

這裡只有我們倆，親愛的。

此時四周響起一片響亮嗥叫，距離很近，近如廚房外的菜園，是一大群狼的聲音。她知道最可怕的狼是外表看不出毛的那種，不禁打了個寒噤，儘管她把披肩往身上裹得更緊，彷彿它能保護她。但那是血的顏色，一如她必須流的血。

誰來給我們唱聖誕歌了，她說。

這是我兄弟的聲音，親愛的，我最愛與狼為伴。妳可以在窗外看見牠們。

雪厚厚積在窗框，她推開窗，朝菜園裡望。一片月光雪色的白夜，暴風雪吹襲中有瘦削灰獸蹲坐在一排排冬季包心菜間，尖尖口鼻全朝向月亮，發出猶如心碎的嗥叫。十頭，二十頭——多不勝數的狼放聲嗥叫，彷彿神智失常或已然癲狂，眼睛映著廚房火光，像一百枝蠟燭閃閃發亮。

外面好冷，牠們真可憐，她說；難怪牠們叫成這樣。

她將狼群哀歌關在窗外，脫下鮮紅披肩，那是罌粟花的顏色，是牲禮的顏色，是她月經的顏色。既然害怕沒有用，她便不再害怕。

我該拿這披肩怎麼辦？

丟進火裡吧，親愛的。妳不會再需要它了。

她把披肩捲成一團丟進烈焰，火立刻將它吞噬。然後她把襯衫往頭上拉起脫下，她小小的乳房閃著微光，彷彿雪下進了屋裡。

我該拿這襯衫怎麼辦？

也丟進火裡吧，小乖乖。

細薄的平紋棉胚布猛燃起一陣火向煙囪竄去，像隻魔幻的鳥。接下來是她的裙，她的羊毛襪，她的鞋，全進了火裡，永遠消失。火光照透她的皮膚邊緣，如今她身上只剩未經碰觸的肉體。令人目眩的赤裸的她用手指梳開頭髮，那髮看來白得像屋外的雪，然後她逕直走向紅眼睛的男人，男人蓬亂的鬃毛上爬著蝨子。她踮起腳尖，解開他襯衫衣領的釦子。

你的手臂真粗呀。

這樣才好把妳抱得更緊。

此刻，世上所有的狼都在窗外嗥叫著祝婚歌，她自動送上那個欠他的吻。

你的牙齒真大呀！

她看見他的下巴開始流涎，滿屋盡是森林的〈愛之死〉歌聲，震耳欲聾，但明智的孩子絲毫不退縮，儘管他回答：這樣才好吃妳。

女孩大笑起來，她知道自己不是任何人的俎上肉。她當著他的面笑他，扯下他的襯衫丟進火裡，就像先前燒光自己的衣服。火焰舞動一如女巫狂歡夜的鬼魂，床下的老骨頭發出喀啦喀啦可怕聲響，但她完全不予理會。

不折不扣的肉食野獸，只有純淨無瑕的肉體才能使他饜足。

她會讓他那令人生畏的頭靠在自己大腿上，為他挑去毛皮裡的蝨子，也許還會照他要求把蝨子放進嘴裡吃掉，完成一場野蠻婚禮。

暴風雪會停息。

暴風雪停了，山脈凌亂覆著雪，彷彿盲女胡亂鋪上床單。森林中松樹枝沈沈積滿雪，吱吱嘎嘎幾乎要折斷。

雪光，月光，滿地紊亂的爪印。

一片沈寂，一切沈寂。

午夜，鐘響，聖誕節到了，這是狼人的生日。冬至之門大開，讓他們穿過去吧。

看！她在外婆的床上睡得多香多甜，睡在溫柔的狼爪間。

狼女愛麗絲

若這個衣衫襤褸、一雙條紋耳朵的女孩同我們一樣會說話，她會說自己是狼，但她不會說話，只會因寂寞而嗥叫——然而用「嗥叫」這詞也不對，因為她年紀還小，發出的是幼狼的聲音，嘰哩咕嚕聽來美味，像火爐上一平底鍋的肥油。有時候，隔著無法挽回的分離深淵，那收養她的同類的靈敏耳朵聽見了她，便從遙遠松林和光禿山邊回應。牠們的對位旋律橫越夜空來回交錯，試著與她交談，但徒勞無功，因為她儘管會用牠們的語言卻不了解，因為她本身並不是狼，只是被狼奶大。

她伸著舌頭喘氣，厚唇鮮紅，雙腿細長結實，手肘、雙手和膝蓋都結滿厚繭，因為她總是手腳並用地爬。她從來不走，而是小跑或狂奔。她的步調與我們不同。

兩條腿的用眼睛看，四條腿的用鼻子嗅。她的長鼻子總是顫動著，篩濾所有聞到的氣味。以這項有用的工具，她花很長時間檢查每一樣她瞥見的東西。透過鼻孔中細小絨毛的敏感濾網，她能捕捉到的世界比我們多得多，因此視力不佳並不使她困擾。她的鼻子在夜間比我們的眼睛在日間更加敏銳，因此她喜歡夜晚，向太陽映借來的冷涼月光不會刺痛她的眼，更能帶出林地各式不同氣味。她一有機會就去林地漫遊，但如今狼群遠遠避開農夫的獵槍，因此她再也無法在林中遇見牠們。

她寬肩長臂，睡覺時身體蜷縮成一小團，彷彿收捲起尾巴。她全身上下沒有一點像人，只除了她不是狼：彷彿她自以為有的那身毛皮已融進皮膚，成為皮膚的一部分，儘管事實上那層毛皮並不存在。一如野獸，她活在沒有未來的狀態，她的生活只有現在式，是持續的賦格曲，是一個充滿立即感官知覺的世界，沒有希望也沒有絕望。

人們在狼窩裡找到她，在她養母被亂彈打死的屍體旁，當時她只是一團棕色小東西，全身纏著自己的棕髮，人們起初沒看出她是小孩，還以為是小狼。她以尖利犬齒朝試圖救她的人咬，最後他們用強的，把她綁起來送到修道院。來到我們人類世界，頭幾天她只是縮著動也不動，瞪著房間的白石灰牆。修女們拿水潑她、拿棍子戳她，想讓她有點反應，然後她或許會一把奪過她們手中的麵包，飛快跑回牆角，背對她們啃食。她學會坐直身子乞討一小塊麵包那天，見習修女都很興奮。

她們發現，只要對她稍微和善一點，她並沒那麼頑劣。她學會辨認自己的餐盤，之後又學會用杯子喝水，教她一些簡單的事並不難，但她不怕冷，她們花了很長一段時間才又哄又騙地讓她套上一件連身衫裙，遮蓋她大膽觸目的赤身裸體。然而她似乎始終野性難馴，不耐煩受限制，脾氣古怪莫測。修道院長曾試著教她感謝人家把她從狼群中救回，她卻弓起背四腳著地，退到小教堂的遠端牆角縮成一團，又是發抖、又是撒尿、又是排糞——看似完全退化回原先的自然狀態。這孩子短期惹人注目好奇，但長期而言卻尷尬棘手，因此將她交到公爵那荒寂而不潔的居所，修道院方面並沒有什麼猶豫。

被送到城堡後，她又聞又嗅，但只聞到一股肉臭，一絲硫磺味道都沒有，也沒有熟悉的氣息。她後腿著地安頓坐下，發出狗的嘆息，那只是吐出一口大氣，並不代表放心或無奈。

公爵又乾又皺，像陳舊的紙張。在布料與乾枯皮膚摩擦發出的窸窣聲響中，他掀開被單伸出兩條瘦腿，腿上滿是荊棘刺穿他毛皮留下的舊疤。他獨居在這陰森大宅，唯一的伴只有那個跟他一樣都與我們其他常人迥異的孩子。他的臥房呈赤陶色，是一層痛苦的鏽跡，看來像伊比利半島的肉店；至於他本人，沒有什麼東西傷得了他，因為他已不會在鏡中映出倒影。

他睡在一張裝有鹿角的鈍黑色鑄鐵床，直到月亮，掌管變形並統御夢遊者的月亮，伸出一根手指探進窄窗，不容抗拒地擊中他的臉：然後他眼睛便突然睜開。

夜裡，他那雙其大無比、充滿哀愁、貪婪肉食的眼被又大又亮的瞳孔佔滿，只看得見食慾。這雙眼睛睜開，是為了吞噬這個他處處見不到自己倒影的世界，他已穿過鏡子，此後便彷彿活在事物鏡像的那一面。

月光照在結霜凍脆的草地，彷彿潑灑一地閃亮牛奶。在這樣一個夜晚，在充滿月色、萬物變異的天氣中，人家說你很容易見到他——如果你笨得晚上還出門的話——沿教堂墓地匆匆走過，背上扛著半具可口多汁的屍體。白色月光一再刷洗田野，直到一切全閃閃發亮，他會在白霜上留下爪印，在夜色中嗥叫著奔繞墳場，享受他狼性的盛宴。

隆冬中，早來的日落剛開始染紅天空，附近方圓數哩的人家便都關緊屋門上了門。他經過之處，牛棚裡的牛群緊張哞叫，狗哀鳴著把鼻子埋進腳掌之間。他那副瘦弱肩膀背負著詭異的恐懼重擔，被分派扮演吃食屍體的角色，侵犯死者最後的隱私，奪去他們的身體。他蒼白一如痲瘋，指甲尖又彎，沒有任何東西阻擋得了他。如果你把屍體塞滿大蒜，哎呀，他只會覺得特別美味：普羅旺斯式死屍。神聖的十字架只是他的搔癢柱，聖水盆也只是他口渴時趴湊著舔水的地方。

她睡在爐台的柔軟溫暖灰燼中：床鋪是陷阱，她絕不肯躺上去。她可以做幾樣受過修女訓練的簡單活兒，把他臥房散落一地的毛髮、脊椎與指骨掃進畚箕，日落他離去之後替他鋪床，那時屋外有灰毛野獸嗥叫，彷彿知道他的變形只是戲仿牠們。狼對獵物雖狠心，對同類卻很溫柔；若公爵是狼，牠們一定會憤而將他逐出狼群，他只能隔著好幾哩遠遠跟在後面，等牠們吃飽才能以肚子貼地的卑屈姿態接近獵物屍體，啃啃吃剩的骨頭、嚼嚼獸皮。然而，被母親在北方高地生下並拋下的她雖然喝狼奶長大，卻既不是狼也不是女人，只是他的廚房下女，只知道替他打點雜務。

她在野獸群中長大。如果能將她，包括她的骯髒、襤褸和野生不馴，原封不動送回我們初始的伊甸園，當夏娃和發出咕噥哼聲的亞當蹲在長滿雛菊的河岸互抓毛皮裡的虱子，那麼她可能會成為引領他們一切的明智孩子，她的沈默與嗥叫真實一如大自然中任何一種語言。在那充滿會說話的野獸與花草的世界，她會是仁慈獅子口中的血肉花蕾。但咬過的蘋果怎能重新長肉填平傷疤？

她只能當個啞巴，儘管她不時會不自覺發出沙沙聲響，彷彿喉頭未經使用的聲帶是風的豎琴，被隨機流過的空氣吹響，那是她的低語，比天生啞人的聲音更含糊不清。

村中墳場發現熟悉的破壞跡象。棺材被胡亂撬開，就像小孩聖誕節早上迫不及待拆禮物，內容物則毫無蹤影，只剩下屍體原先披覆的新娘頭紗碎片，勾在教堂墓地門口那叢野薔薇間隨風飄揚，因此人們知道他把屍體帶去哪裡，正是朝他陰森城堡的方向。

在時間的縫隙中，在那被世界放逐之地的恍惚狀態中，女孩逐漸長大，周遭充滿她無法名狀或意識的事物。她想什麼，有什麼感覺，這個有著毛茸茸思緒和原始知覺的永恆陌生人存在於不停流動轉換的印象裡，沒有字詞能形容她如何越過夢與夢之間的深淵，醒著的時刻與睡時同樣奇怪。狼群照顧她，因為知道她是隻不完整的狼；我們把她隔絕在動物的隱私世界中，也正是由於畏懼她這種不完整，因為這讓我們看見自己可能變成什麼樣子。於是時間就這麼過去，儘管她幾乎對之一無所覺。然後她開始流血。

起初她對自己流血大惑不解，不知道這是什麼意思，這輩子她第一次有某種類似猜測的模糊感覺，指向可能導致此事的原因：她醒來感覺自己雙腿間流出什麼時，月亮正照在廚房，她猜想某隻狼，或許，喜歡她，就像狼那樣，而那狼，或許，住在月亮裡？一定是牠在她睡覺時輕輕啃她的屄，友善地啃了好一會兒，輕柔得沒有吵醒她，但足以咬破皮。這理論模糊不成形，然而從中生根長出一套古怪的推理，彷彿某隻飛鳥腳爪夾的種子掉了一顆在她腦袋裡。

血流持續了幾天，在她感覺就像沒完沒了。她對過去、未來、或某段持續期間仍沒有直接概念，只知道沒有維度的、立即當下的此刻。夜裡，她在空蕩蕩的屋裡到處搜尋，想找破布把血吸乾；先前修道院教會她一點基礎的衛生習慣，她知道要埋起排泄物，清乾淨自己身上的體液，儘管修女沒辦法傳達什麼是應該的，但她這麼做的原因卻是出自羞恥而非愛乾淨。

她在衣櫥裡找到毛巾、床單、枕頭套，打從公爵尖叫哭泣著出生在這個世界、滿口已長出的牙咬掉母親的乳頭以來，這些衣櫥就未再打開過。她在結滿蛛網的衣櫃裡找到曾有人穿過的舞會禮服，在公爵那染血之室的牆角也堆有曾包裹他那些食物的屍布、晚禮服、入殮服裝等等。她選了些最容易吸水的質料撕成一條條，笨拙地為自己包起尿布。搜尋過程中，她無意間撞到鏡子，那面公爵經過就像風吹冰層般了無痕跡的鏡子。

一開始，她用口鼻去拱鏡中的倒影，然後仔細聞嗅一番，很快就發現對方沒有味道。她試著跟這陌生人扭打，口鼻壓在冰冷玻璃面上瘀了血，指爪也折斷了。她先是覺得討厭、然後覺得有趣地看見，對方完全模仿她每一個動作，學她舉起前腳搔癢，或者把屁股在滿是塵埃的地毯上拖，想擺脫下半身某種輕微不適的感覺。她把頭往倒影臉上蹭，向對方表示友好，但感覺一層冰冷、堅實、無法動搖的表面擋在她和她之間——也許是一種看不見的籠子？儘管有這層阻礙，但寂寞的她仍邀這隻生物試著跟她一起玩。她露出牙齒咧嘴而笑，對方也立刻回應，讓她開心得不得了，開始繞著自己打轉，興奮地尖聲吠叫；但此時她離鏡子較遠，看見新朋友突然變小令她困惑，狂喜的動作頓時中斷。

月光自雲層後照進公爵毫無動靜的臥房，於是她看見這隻跟她一起玩的狼非狼有多蒼白。被月光照成白色的狼女愛麗絲看著鏡中的自己，心想，不知這是否就是晚上來咬她的那隻獸。接著她敏感的耳朵豎起，聽見大廳裡有腳步聲，她立刻小跑回廚房，半途碰見肩上扛著一條男人腿的公爵。但她絲毫不感好奇，與他錯身而過，腳趾甲在樓梯上發出喀啦聲響，她的寧謐是無法侵犯的，因為她具有絕對的、害蟲般的懵懂無知。

不久血不流了，她也忘了這事。月亮漸虧，又一點點逐漸復盈。當滿月再度照在廚房，狼女愛麗絲驚訝地又開始流血，如此週而復始準時來臨，改變了她對時間的模糊概念。她學會預期這些流血的日子，備妥破布待用，之後把髒污的布埋好。透過習慣，順序建立起來，於是她完全懂了時鐘一圈繞過一圈的原則。不過在這座她與公爵各居於自己孤寂中的大宅，時鐘已徹底不存，因此或許可以換個方式說，她藉由這一再重複的循環發現了時間本身的動作。

她在餘燼中蜷縮成一團時，灰燼的顏色、質感和溫暖讓她想起養母的肚腹，將這記憶從過去引出，印在她身體上。那是她最早有意識的記憶，疼痛一如修女第一次替她梳頭髮。她稍稍嗥叫了一下，聲音傳得更穩更深，希望獲得狼群那難解的安慰回應，因為現在她周圍的世界已開始有固定形狀。她意識到自己與周遭事物有本質上的差異，但是，我們或許可以說，她還無法「指」出這差異何在——只是，屋外草地上的樹木和草葉不再像是她探索的鼻子和豎直的耳朵的延伸，而是自成存在，卻又是她的某種背景，等待她的到來給予意義。她看見自己在那背景之上，清澈肅穆的眼睛也多了一種朦朧、內省的眼神。

那種流血好像讓她長出新的肌膚，她常花好幾個小時加以檢視，用長長的舌頭舔舐這身柔軟外皮，用指甲梳理頭髮。她好奇地檢視自己新發育的乳房，那白色突起在她看來最像馬勃蘑菇，晚上她在樹林裡四處走動有時會發現這種蘑菇，是一種出現得令人意外但仍屬自然的現象。但接下來她大吃一驚地發現雙腿間新長出一小片王冠般的毛髮，於是去露給鏡中的同窩小獸看，對方讓她放心，給她看見她也有長。

受詛咒的公爵在墳場出沒，相信自己既不如亦遠勝凡人，彷彿這種醜惡的不同是一種神恩。白天他睡覺，鏡子忠實映照出他的床，但永遠照不出紊亂床單中那單薄形體。

有時候，宅裡只剩她獨自一人的那些白色夜晚，她會拉出他祖母的舞會禮服，套上綿柔的天鵝絨和刮人的蕾絲，因為這觸感使她青春期的肌膚感覺很舒暢。她的鏡中密友穿上那些舊衣，衣袖和緊身胸衣間飄出時日久遠但仍強烈的麝鼠與麝香貓氣息，令她開心地皺皺鼻子。這個永遠完全模仿她一舉一動的對象終於讓她覺得無聊，更讓她驚覺一個令人遺憾的可能：這友伴或許就像陽光照在草地上的她的影子，只是這種影子特別精妙而已。很久以前，她和同窩的小狼不也曾跟自己的影子一起打鬧翻滾嗎？她用靈敏的鼻子在鏡後找來找去，只找到灰塵、一隻坐困自己網中的蜘蛛和一堆破布。她眼角滲出一點點水分，但此後她跟鏡子的關係變得更加親密，因為她知道在鏡中見到的是自己。

她拖出公爵藏在鏡後的禮服，抖了一陣，不久便將塵埃抖盡。她試驗性地把前腿伸進袖子。儘管禮服又破又皺，但它是白色的，質感又那麼細柔，於是她想，穿上它之前，必須用院子裡的幫浦打水洗淨自己外皮上的灰，她知道怎麼用靈巧的前腳操作那個幫浦。在鏡中，她看見這襲白禮服讓自己發光發亮。

雖然層層襯裙使她只能用兩條腿走路，跑不快，但她仍穿著這身新衣，出去探索十月此刻充滿氣味的矮樹叢，就像一位來自城堡、初入社交界的年輕仕女。她對自己這模樣很開心，但仍不時向狼群高唱，聲音帶著勝利也帶著惆悵，因為現在她知道怎麼穿衣服了，將自己與牠們的不同顯而易見地穿在身上。

她在潮濕土地留下足跡，美麗又威脅，一如魯賓遜的星期五留下的腳印。

死去新娘的丈夫花了很長一段時間計畫復仇，將教堂塞滿搖鈴、書本與蠟燭，備妥大量銀子彈，眾人還用車從城裡拉來一缸十加侖的聖水，由大主教親自祝福過，打算用以淹死公爵，如果子彈失靈的話。他們聚在教堂唸誦一段禱詞，然後等待那人來造訪這個冬天剛去世的死者。

如今她夜裡更常出門，景色在她四周拼組起來，她將自己的存在灌輸其中。她就是它的意義。

在她看來，教堂裡的會眾似乎是在徒勞無效地嘗試模仿狼群之歌。她用自己訓練有素的聲音幫助了他們一陣，蹲在墳場門邊搖晃身體，若有所思。然後她鼻孔顫動，聞到死屍的臭味，知道與她共居一宅的那人來了；她抬起頭，新近變得敏銳的眼睛看到的可不正是蛛網城堡的主人，正準備進行食人儀式？

她聞到嗆人的焚香，感覺可疑，張大了鼻孔，而他卻沒有，因為她的知覺比他靈敏得多。因此，聽見子彈霹啪時她將會跑啊！跑！因為就是這種東西殺死她養母。全身被聖水淋濕的他，也將以同樣的輕快步伐大步奔跑，直到年輕鰥夫射出的銀子彈穿透他肩膀，將他那身假毛皮射掉一半，於是他便只能像普通的兩腳動物站起身，驚惶地盡可能一瘸一拐前進。

看見白色的新娘從墓碑間跳出，朝城堡飛奔而去，狼人跌跌撞撞跟在後面，農民們以為公爵那名最親愛的受害者出現了，要親自了結一切。於是他們驚叫四散，逃離那將對他施加報復的鬼魂。

受了傷的可憐東西……卡在半人半狼的奇怪狀態，變形過程只到一半便遭破壞，如今是個不完整的謎，躺在黑鐵床上痛苦扭動，在那間像邁錫尼古墓的房裡，嗥叫得像一腳困於陷阱的狼或分娩中的女人，流著血。

起初，聽見那痛苦的聲音令她害怕，怕它會像以前那樣對她造成傷害。她四腳著地繞著床轉，狺狺低吠，嗅他的傷口，那味道跟她自己的傷口不像。之後，她跟瘦削的灰毛母親一樣產生了憐憫之心，跳上他的床，舔舐他臉頰和額頭上的血與泥，絲毫沒有遲疑或憎惡，動作迅速、溫柔、沈重。

清澈月光照亮靠在紅牆上的鏡子，那理性的玻璃，那所有可見之物的主人，公正不私地映出喃喃低鳴的女孩。

她繼續這樣照料他，那鏡子，極度緩慢地，向自身的物理性質和映照能力屈服。一點一點，逐漸地，鏡中如相片顯影般浮現影像，先是一團沒形沒狀的線條網絡，宛如困在自己漁網中的獵物，然後變成較為明顯但仍影影綽綽的輪廓，直到終於鮮明一如活生生實物，彷彿在她柔軟、潮濕、溫柔的舌頭下成形，公爵的臉於焉出現。

九至二十劃

索引

一至八劃

國家圖書館出版品預行編目資料

焚舟紀 ／ 安潔拉・卡特(Angela Carter)原著；
嚴韻 譯. —— 初版. —— 臺北市：行人，2005
[民94]

5 冊；13 x 19 公分

譯自：Burning Your Boats: the collected short
stories.

ISBN 978-957-30694-8-5(全套：平裝)

873.57 94000844

《焚舟紀》第二冊
原著者：安潔拉・卡特
譯者：嚴韻

總編輯：陳傳興
責任編輯：周易正
美術編輯：黃瑪琍
校對：嚴韻

印刷：崎威彩藝

ISBN: 978-957-30694-8-5
2011年06月 二版一刷

出版者：行人文化實驗室
發行人：廖美立
地址：10049 台北市北平東路20號10樓
電話：(02) 2395-8665
傳真：(02) 2395-8579
郵政劃撥：50137426
http：//flaneur.tw

總經銷：大和書報圖書股份有限公司
電話：(02) 8990-2588